BIBLIOTECA ESCOLAR
CLÁSICOS
CONTADOS A LOS NIÑOS

La Odisea

edebé

Proyecto y dirección: EDEBÉ

Adaptación del texto: Rosa Navarro Durán
Ilustraciones: Francesc Rovira
Dirección editorial: Reina Duarte
Diseño: Joaquín Monclús

21.ª edición

© Edición: Edebé, 2007
Paseo de San Juan Bosco, 62
08017 Barcelona
edebe.com

ISBN: 978-84-236-9321-4
Depósito legal: B. 9340-2008
Impreso en España / Printed in Spain

BIBLIOTECA ESCOLAR
CLÁSICOS
CONTADOS A LOS NIÑOS

La Odisea
contada a los niños

por Rosa Navarro Durán
con ilustraciones de Francesc Rovira

edebé

EN EL OLIMPO LOS DIOSES HABLAN DE ULISES

Hacía ya tiempo que la guerra de Troya había acabado. Los griegos habían vuelto a su tierra después de vencer a los troyanos.

Sin embargo, Ulises, cuyo nombre en griego era Odiseo, uno de los mejores guerreros griegos y el más astuto, no había llegado aún a la hermosa isla de Ítaca, donde le estaban esperando desde hacía años Penélope, su mujer, y Telémaco, su hijo.

Y es que la ninfa Calipso retenía en la isla Ogigia a Ulises, convencida de que con el tiempo accedería a casarse con ella. Ulises lloraba de rabia, porque no veía el momento de volver a

su tierra y abrazar a su mujer. Pero ¿cómo salir de la isla si no había ninguna barca en ella?

La isla Ogigia estaba en el centro del mar, azotada por el viento, y tenía árboles muy altos. En una gruta de aquella isla vivía la hermosa Calipso, hija del gigante Atlante, el que sostenía con sus hombros la esfera del cielo.

En el Olimpo, por supuesto, todos los dioses conocían la situación de Ulises y a ninguno le gustaba, salvo a Poseidón, el dios del mar, que estaba muy enfadado con el héroe porque había vencido a su hijo, el gigantesco cíclope… Pero ésa es una historia que contaré más adelante.

La que estaba más preocupada por Ulises era Atenea, la diosa de ojos verdes, porque le quería mucho.

Un día que Poseidón se había ido a Egipto, Atenea aprovechó su ausencia para pedirle a su padre Zeus, el dios de los dioses, que tuviera lástima de Ulises y le ayudase a salir de la isla Ogigia y a volver a su tierra.

Le pidió que enviara allá al dios Hermes, su mensajero, para decirle a Calipso que dejara marchar a Ulises. Mientras tanto ella iría a Ítaca a dar ánimos a Telémaco. Le diría que fuera a Esparta a buscar noticias de su padre al tiempo que se daba a conocer por otras tierras.

Y a Zeus le pareció bien lo que le pedía su hija.

EL VIAJE A ÍTACA DE LA DIOSA ATENEA

Atenea se calzó las sandalias con alas que le permitían volar a la velocidad del viento sobre el mar y la tierra. Luego cogió la larga lanza, que tenía una aguda punta de bronce, con la que destruía filas enteras de héroes cuando se enfadaba con ellos, y bajó del alto monte Olimpo hasta llegar a la isla Ítaca.

Se detuvo a las puertas del palacio y cambió su aspecto para que nadie pudiera reconocerla. Tomó la apariencia de un extranjero, pero no de uno cualquiera, sino de Mentes, rey de una isla vecina.

En los porches del palacio estaban los pretendientes de la reina Penélope. Eran los soberbios hijos de los reyezuelos vecinos, de la misma Ítaca y de otras islas. Todos querían reinar allí casándose con la reina. Se pasaban el día en palacio comiendo y bebiendo, esperando que ella eligiera a uno de ellos; devoraban lo que era de Ulises y se hacían servir por sus criados. No había más que verlos jugando a los dados, bebiendo el vino que les servían unos criados mientras

otros cortaban la carne que iban poniendo en sus platos.

En medio de ellos estaba Telémaco, muy triste porque veía cómo gastaban las riquezas de su padre; pero no podía hacer nada él solo contra sus abusos. Ellos eran muchos, y él uno solo. ¡Si hubiera estado allí su padre, todo hubiera sido muy distinto!

Estaba pensando en todo ello cuando vio la figura del extranjero en el vestíbulo. Fue enseguida a buscarle para invitarle a sentarse y a comer con ellos. Los criados le sirvieron carnes de todo tipo y copas de buen vino.

Mientras los orgullosos pretendientes oían cantar al juglar Femio al son de su cítara, Telémaco, en voz baja para que no le oyeran, le contó al extranjero lo que pasaba en palacio. Le dijo que su padre debió de morir en el mar al regresar de la guerra de Troya y que esos sinvergüenzas estaban gastando sus riquezas comiendo y bebiendo lo que era suyo. Luego le preguntó al extranjero quién era y de dónde venía, y si había conocido a su padre Ulises.

La diosa Atenea le dijo que era Mentes e inventó una historia para que Telémaco creyera que era realmente el hijo del rey de una isla vecina. Le contó que había llegado con los suyos en un barco porque iban a un país de hombres que hablaban otro lenguaje para cambiar hierro por bronce con ellos. Había dejado su barco en el puerto como lo hacía cuando reinaba Laertes, el padre de Ulises. Había oído decir que

Fue enseguida a buscarle para invitarle
a sentarse y a comer con ellos

ahora, ya muy viejo, el rey vivía en el campo, cuidado por una anciana criada. También le dijo que sabía que Ulises no había muerto, que estaba en una isla en medio del mar, donde lo retenían contra su voluntad; pero que él creía que encontraría algún medio para escapar porque era un hombre muy ingenioso.

Y por último se lamentó diciéndole a Telémaco:

—¡Ay, si él volviera y viera en su palacio a los soberbios pretendientes comiendo y bebiendo de lo suyo! ¡Qué corta iba a ser su vida! Pero ya decidirán los dioses si vuelve o no y cómo se venga de esta gente. Lo que tú tienes que hacer es reunirlos mañana y decirles que se vayan a sus casas. Y luego manda que te preparen la mejor nave que veas, con veinte remeros, y vete a preguntar por tu padre. Primero, a Pilos, donde está el anciano Néstor; y después a Esparta, a ver al rey Menelao, que es quien llegó el último a Grecia después de que los griegos se fueron de Troya. Ya que veo que eres alto y gallardo, sé fuerte y valiente para que hablen bien de ti.

Y Atenea, sin querer los regalos que le ofrecía Telémaco, se marchó, dándole fuerza y audacia al joven para que saliera de su tierra a preguntar por su padre.

Cuando él ya no la veía, empezó a volar como un pájaro y se dirigió de nuevo al Olimpo.

TELÉMACO EMPIEZA A ACTUAR

Telémaco, meditando muchas cosas, se fue a su aposento. Le acompañaba, con una antorcha encendida, una vieja y prudente criada, Euriclea, que cuidaba de él y le quería mucho. Ella le ayudó a quitarse la túnica y, después de poner bien los pliegues, la colgó de un clavo. Luego salió de la estancia, que cerró.

El joven se cubrió con una piel de oveja y se pasó toda la noche pensando en el viaje que le había aconsejado ese misterioso extranjero, que a él le parecía un dios, aunque no sabía por qué razón.

A la mañana siguiente, mandó reunir en la plaza a toda la

gente de su pueblo. Él fue allá con su lanza y dos perros, y se sentó en la silla de su padre.

Estaban todos asombrados porque, desde que se había marchado Ulises, hacía ya mucho tiempo, nunca nadie los había reunido.

Al verlos a todos juntos, Telémaco les habló así:

—Estoy muy preocupado porque no sé nada de mi padre, vuestro rey, y no sé si ha muerto en el mar. Además veo cómo los pretendientes de mi madre se pasan el día en palacio comiendo los bueyes, cabras y ovejas de mi padre y bebiendo su vino tinto. Yo solo no tengo fuerza para echarlos. ¡Ved vosotros lo que están haciendo!

Todos callaban viendo la rabia y el dolor del joven. Fue uno de los pretendientes, el orgulloso Antínoo, quien le contestó:

—¿Por qué nos ofendes, Telémaco? La culpa no la tenemos nosotros, sino tu madre, que no quiere elegir marido. Durante tres años nos dio esperanzas a todos y nos dijo que se casaría al terminar de tejer una tela muy fina para vestir el cuerpo de su suegro Laertes cuando muriera. Y se pasaba el día tejiendo la tela, pero por la noche deshacía lo que había hecho. Así se pasó tres años hasta que una criada suya nos lo dijo. La sorprendimos cuando la deshacía, y no tuvo más remedio que acabar la tela. Pero ha pasado ya casi otro año, y sigue sin tomar ninguna decisión. Dile a tu madre que escoja a uno de nosotros. Es muy lista, pero vais a volveros pobres si sigue así, porque, mientras no se decida, no pensamos irnos de palacio.

Telémaco le contestó:

—Yo no puedo decir a mi madre que haga lo que me pides. ¿Por qué no os vais a vuestras casas y coméis de lo vuestro? Pero si os gusta más devorar lo que es de mi padre, yo rogaré a los dioses que os castiguen, y tal vez algún día moriréis en este palacio.

En ese momento, aparecieron en el cielo dos águilas. Volaban muy juntas y tan rápidas como el viento. Empezaron a dar vueltas encima de la gente, en la plaza, batiendo las alas; y de pronto las dos se atacaron picoteándose cabeza y cuello. Luego se marcharon por la derecha, por encima de las casas.

Todos se quedaron asustados al verlo. Y un anciano, que sabía interpretar el vuelo de las aves, les dijo:

—Una gran desgracia les espera a los pretendientes, porque Ulises no tardará en llegar. Tal vez ya no esté muy lejos porque, cuando los griegos se embarcaron hacia Troya, le predije que, después de pasar muchos peligros, a los veinte años volvería a su patria y que lo haría sin que nadie lo reconociera. Ya no falta mucho para que regrese.

...las dos se atacaron picoteándose
cabeza y cuello

Pero los pretendientes se burlaron de él y le dijeron que se fuera a su casa y que se dedicara a adivinar el futuro de sus hijos. Estaban convencidos de que Ulises había muerto. Volvieron a decirle a Telémaco que obligara a su madre a casarse con uno de ellos si no quería ver cómo desaparecían todas sus riquezas.

Mentor, otro anciano, amigo de Ulises, gritó a la gente:

—¡No odio tanto a estos pretendientes orgullosos que comen y beben los bienes de Ulises como a vosotros, que estáis ahí, sentados y en silencio, viendo lo que hacen, y no les decís nada!

Al oír sus palabras, los pretendientes, furiosos, los amenazaron a todos. No sólo matarían a aquel que intentara acercarse a ellos, sino que iban a acabar con el propio Ulises si realmente estaba vivo y volvía a su palacio. Y mandaron a los que allí estaban que regresaran inmediatamente a sus casas.

TELÉMACO SE MARCHA A PILOS A VER A NÉSTOR

Telémaco, viendo que no podía hacer nada contra los orgullosos pretendientes, decidió marcharse de Ítaca a preguntar por su padre. Pero lo hizo a escondidas para que nadie pudiera detenerle, ni su madre. Sólo se lo dijo a su aya, la vieja Euriclea, y le pidió que le ayudara:

—¡Ama! Llena doce ánforas de aquel vino tan dulce que guardas para cuando vuelva mi padre y llena sacos con harina de trigo. Al anochecer vendré a buscarlo todo porque quiero ir a Pilos y a Esparta a preguntar por mi padre. No le digas a mi madre que me he embarcado hasta que pasen once o doce días, para que no llore por mí.

Cuando se hizo de noche, Telémaco mandó a los suyos que prepararan rápidamente la nave. Y Atenea, que seguía protegiéndole, hizo que a los pretendientes les entrara un sueño muy dulce –habían bebido muchísimo–, y así pudo zarpar el barco sin que ellos se dieran cuenta.

Empezó a soplar un fuerte viento que empujaba las velas, y la nave navegaba muy deprisa por el mar.

Amanecía ya cuando llegó Telémaco a Pilos y se dirigió con sus compañeros al palacio de Néstor, que estaba allá comiendo, rodeado de sus hijos. Al ver a los extranjeros, los invitó a sentarse y a compartir con ellos la comida. Luego les preguntó:

–¡Forasteros!, ¿quiénes sois? ¿De dónde venís? ¿Navegáis buscando algo o vais sin destino, como los piratas, sólo haciendo daño a la gente?

Telémaco le contestó:

–Venimos de Ítaca. Voy buscando noticias de mi padre, el gran Ulises. He venido a verte porque me dijeron que luchaste con él en Troya. No sé si ha muerto o dónde está. Vengo a preguntarte qué sabes de él, si le viste morir o si alguien te ha contado algo de él. Y te ruego que no tengas pena de mí y que me digas la verdad aunque sea dura.

Néstor, al oírle, suspirando, le dijo:

–¡Amigo! Me haces recordar las calamidades que pasamos los griegos luchando para conquistar la gran ciudad de Troya.

Allí murieron nuestros más valientes guerreros: Aquiles, Patro-
clo, Ayax... Aunque te quedaras aquí cinco años, no bastarían
para que te contara todo lo que sufrimos.

»Durante nueve años estuvimos luchando en vano para que se rindieran los troyanos. El más astuto de todos nosotros fue tu padre, Ulises, al que te pareces tanto. Siempre estuvimos los dos de acuerdo porque éramos los dos prudentes y les dábamos a los griegos buenos consejos.

»Pero cuando quemamos Troya y nos embarcamos, victoriosos, para regresar a Grecia, empezaron otras desdichas. Se pelearon nuestros dos reyes, los dos hermanos Agamenón y Menelao, porque este último quería hacerse a la mar enseguida y, en cambio, Agamenón pretendía hacer sacrificios a los dioses para calmar su enfado por cosas que habían hecho algunos griegos.

»Cuando salió el sol, unos nos fuimos con Menelao, y otros se quedaron con Agamenón. Pero no acabaron aquí las peleas, porque algunos de los nuestros, mandados por tu padre Ulises, regresaron para ayudar a Agamenón, y los otros seguimos adelante.

»Empezó a soplar un fuerte viento, y las naves navegaron muy deprisa. A los pocos días llegábamos yo y los míos a Pilos, a esta tierra. No sé, por tanto, qué les pasó a los demás, aunque me han llegado noticias de que el traidor Egisto, que le había quitado el reino a Agamenón y se había casado con la reina Clitemnestra, tendió una trampa mortal al gran rey y lo mató cuando regresó a su patria. También me han contado cómo su hijo Orestes vengó a su padre matando al traidor asesino. ¡Una terrible tragedia!

Telémaco, horrorizado ante noticias tan espantosas, quiso saber si el rey Menelao había conseguido llegar a su tierra. Néstor le siguió contando:

—Navegamos juntos hasta que un día, cerca de Atenas, murió el piloto de la nave del rey Menelao, y tuvo que detenerse

para enterrarlo. Ahí nos separamos. Sé que sufrió grandes tempestades, que llegó hasta Egipto, empujado por los vientos, pero que, por fin, después de navegar ocho años, llegó a su país con las muchas riquezas que había conseguido en sus navegaciones.

»Yo te aconsejo que vayas a verle y le preguntes a él, porque, como no hace mucho que ha vuelto, igual tiene noticias de tu padre. Te daré un carro y caballos para que vayas por tierra a Esparta, a su reino. Y uno de mis hijos, el joven Pisístrato, te acompañará para que no te pierdas.

Telémaco le dio las gracias por su ayuda. Y Néstor decidió que se pondrían en camino al día siguiente para que el joven pudiera descansar. Lo alojó en su palacio, y al día siguiente le dio pan, vino y manjares para el viaje. Pisístrato tomó las riendas del carro tirado por veloces caballos, y los dos se alejaron rápidamente de Pilos.

Tardaron dos días en llegar cabalgando a través de una gran llanura. Cuando vieron trigo plantado, supieron que habían llegado a Esparta.

LA VISITA DE TELÉMACO AL REY MENELAO

Al llegar a Esparta, Pisístrato y Telémaco se fueron al palacio del rey Menelao, donde estaban celebrando las bodas de sus hijos. Detuvieron el carro delante del vestíbulo. Allí los vio un fiel servidor de Menelao y fue a decírselo inmediatamente al rey. Menelao mandó que hicieran entrar al banquete a los dos forasteros y que dieran cebada a sus caballos.

Telémaco quedó admirado de la riqueza de las salas de palacio. Menelao les invitó a compartir con ellos comida y bebida. Y, viendo la admiración pintada en la cara del joven extranjero, le contó cómo estuvo navegando ocho años enteros y consiguió así las riquezas que ahora él contemplaba. Pero también le dijo el rey, suspirando:

—Mientras yo andaba navegando perdido por el mar y juntaba todas estas riquezas, un traidor, con engaños, me mató a mi hermano, al gran Agamenón. ¡Ojalá se hubieran salvado los que murieron en Troya aunque yo tuviera sólo la tercera parte de lo que tengo! ¡De nadie me acuerdo más que del gran Ulises, que tanto sufrió y del que no sé nada! Seguro que en Ítaca le están llorando su padre, el viejo Laertes, su fiel esposa, Penélope, y su hijo, Telémaco, a quien él dejó en su casa recién nacido.

Telémaco, al oírle, no pudo evitar que se le cayera una lágrima y, para que no le vieran llorar, se tapó la cara con el manto. Menelao no sabía si preguntarle qué le pasaba o esperar a que se lo dijera.

En ese momento apareció la reina Helena, bella y majestuosa. Por ella había empezado la guerra de Troya, porque Paris, un príncipe troyano, la había raptado. Se sentó en un sillón y le preguntó a su marido:

—¿Sabes ya quién es este hombre que ha llegado a nuestro

Telémaco, al oírle, no pudo evitar
que se le cayera una lágrima

palacio? ¡Parece Telémaco, el hijo de Ulises! ¡Nunca vi a nadie tan parecido a éste!

—Ya había pensado yo lo mismo —le dijo el rey—. Tiene sus mismos pies y manos, y la mirada de ojos. Ahora, al hablar yo de los trabajos que pasó Ulises, se ha puesto a llorar y, para que no le viera, se ha tapado el rostro con el manto.

Pisístrato, oyéndoles, no quiso callar más y les confesó a los reyes que tenían razón, que el joven al que él acompañaba era Telémaco, el hijo de Ulises.

Menelao, al saberlo, volvió a recordar todo lo que había pasado Ulises en la guerra de Troya, donde había ido por su causa. Y dijo que había pensado en darle una ciudad en su reino para que allí gobernara y pudieran así verse a menudo. Pero nada de eso era posible ya, porque Ulises era el único que no había vuelto aún a su patria.

Al oírle, todos se pusieron a llorar desconsoladamente.

Entonces, Helena, que había aprendido en Egipto el poder de algunas drogas, echó en el vino que estaban bebiendo una que hacía olvidar todos los males y les dijo:

*Helena, que había aprendido en Egipto
el poder de algunas drogas*

—Zeus nos manda bienes y males. Comed y bebed ahora, que os hará bien. Y conversemos. Yo os contaré sólo uno de los trabajos de Ulises en Troya, ¡no podría contarlos todos!

»Un día Ulises se disfrazó de mendigo. Se puso unos andrajos, se hizo varias heridas y entró en Troya, la ciudad de calles anchas donde vivían sus enemigos. Disfrazado así, se paseó por la ciudad y se enteró de muchas cosas. Yo le reconocí y se lo dije; pero le prometí que no le iba a descubrir. Antes de salir de la ciudad, mató a muchos troyanos.

—Tienes razón, Helena —le dijo Menelao—. No he conocido a nadie tan astuto y tan paciente como Ulises. Estábamos todos dentro de la panza del caballo de madera, que habían metido los propios troyanos dentro de su ciudad, convencidos de que era un regalo para los dioses. Tú dabas vueltas alrededor del caballo y fuiste llamando a todos los que estaban dentro imitando la voz de sus mujeres. Todos queríamos contestarte; pero él, Ulises, que se dio cuenta de la trampa y del peligro, nos mandó callar a todos e incluso tapó con la mano la boca de alguno.

Telémaco, al oír lo que contaban de su padre, se lamentó:

—¡Y a pesar de su astucia, nadie pudo evitar que muriera no se sabe dónde!

Helena mandó entonces que las criadas prepararan las camas debajo del pórtico para que los jóvenes huéspedes pudieran descansar. Y ella y el rey se fueron a dormir a su aposento.

Al amanecer, todos estaban ya en pie, y Menelao le preguntó a Telémaco qué le había llevado a su palacio. El joven le contestó que venía buscando noticias de su padre y le contó cómo los pretendientes estaban comiéndose todo su patrimonio esperando que su madre se casara con uno de ellos. Él no podía hacer nada sin saber si Ulises estaba vivo o muerto.

Menelao le dijo que le iba a contar todo lo que sabía.

LA HISTORIA DE PROTEO

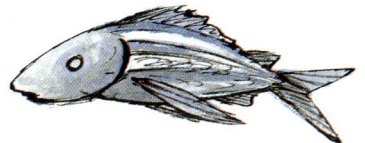

Y empezó el rey así su historia:

"Al regresar a mi patria, las tormentas me llevaron a Egipto, y los dioses no me dejaban salir de allí. Frente a Egipto hay una isla, Faro, que está a un día de navegación de tierra firme. Tiene la isla un puerto resguardado para las naves; allí me tuvieron los dioses veinte días sin mandarme vientos que pudieran empujar las velas de mis naves.

Se me estaban acabando las provisiones y los ánimos, pero le di pena a una diosa, Idotea, hija de Proteo. Y un día, mientras mis hombres pescaban para poder comer y yo caminaba solo por la playa, ella salió a mi encuentro.

Hablamos, le conté mi situación, e Idotea me dijo lo que tenía que hacer para lograr salir de allí:

—Forastero, por aquí suele venir mi padre, Proteo, que conoce el fondo del mar y sirve a Poseidón, su dios. Si consiguieras agarrarlo, él te diría el camino que debes seguir, pero no es fácil hacerlo porque puede transformarse en muchos animales. Yo te diré qué tienes que hacer. Te llevaré a la cueva donde él se acuesta, rodeado de sus focas; escoge a tus tres mejores compañeros para que te ayuden a sujetarlo. Primero contará las focas y luego se acostará en medio de ellas, como un pastor entre sus ovejas. Cuando lo veas dormido, tenéis que agarrarlo con todas vuestras fuerzas para que no se escape. Él se transformará en todos los seres que se arrastran por la tierra y van por el mar, e incluso en fuego; pero no os tenéis que asustar, y mantenedlo agarrado. Cuando os hable y os pregunte cómo pudisteis verlo dormido, lo soltáis; y entonces le pides que te diga cómo volver a tu patria.

Después de decirme esto, la diosa se sumergió en el agua y desapareció. Al día siguiente, con mis tres mejores hombres,

...yo caminaba solo por la playa,
ella salió a mi encuentro

volví a la orilla del mar. Allí encontramos a Idotea con cuatro pieles de focas. Había cavado unos hoyos en la arena y nos estaba esperando sentada.

Al vernos, nos hizo echar en los hoyos y nos tapó con las pieles de foca, que apestaban. Idotea, al ver cómo nos molestaba el hedor, nos puso en la nariz un poco de ambrosía, de suavísimo olor, y así pudimos olvidar la peste de las pieles que nos cubrían.

Allí estuvimos esperando a que llegara el mediodía. Entonces apareció el anciano Proteo. Se paseó entre las focas, las contó, y a nosotros con ellas, sin sospechar nada. Y luego se puso a dormir. Cuando lo vimos dormido, nos levantamos los cuatro gritando mucho y lo agarramos.

Al instante se transformó en león, en dragón, en pantera y en jabalí; luego en agua y hasta en árbol de alta copa. Pero nosotros no lo soltamos, y, al final, cansado, me preguntó qué quería.

Yo le contesté así:

—¿Por qué me lo preguntas si lo sabes muy bien? Llevo pa-

rado en esta isla mucho tiempo y no sé cómo volver a mi patria. Tú puedes decirme qué tengo que hacer para salir de aquí.

Y Proteo, entonces, me reveló que sólo cuando volviera a Egipto y allí hiciera sacrificios a los dioses, éstos me dejarían regresar a casa.

Le dije que así lo haría, y aproveché para preguntar por los capitanes griegos, si todos habían podido ya regresar a sus tierras.

Me contó entonces que Ayax había muerto en el mar y cómo mi hermano Agamenón, al llegar a su tierra, había sido asesinado por un traidor, Egisto, que le había quitado antes el reino y la esposa. ¡Cuánto lloré al saberlo! El anciano Proteo intentó consolarme diciendo que, si me daba prisa, llegaría a ver cómo su hijo Orestes lo vengaba dando muerte al traidor.

Luego le pregunté por Ulises, y Proteo me dijo:

—Le vi en una isla, llorando. La ninfa Calipso no le deja salir de allí, y él no tiene ni nave ni compañeros que le ayuden a escapar.

Después de decirme todo esto, se sumergió en el mar. Yo

volví a las naves y las encaminé a Egipto. Hice allá sacrificios a los dioses, y empezó a soplar el viento que me trajo hasta aquí, hasta mi tierra."

Así acabó su relato el rey. Quiso que Telémaco se quedara doce días en palacio, pero el joven tenía ya ganas de volver a Ítaca para llevarle estas noticias a su madre.

LOS PRETENDIENTES
TIENDEN UNA TRAMPA
A TELÉMACO

Mientras Telémaco iba a Pilos y a Esparta, los pretendientes seguían comiendo y bebiendo en palacio.

Un día un hombre bueno de Ítaca, Noemón, les preguntó si sabían cuándo volvería Telémaco, porque se había llevado su nave y la necesitaba. Ellos no se habían enterado del viaje de Telémaco; creían que estaba en el campo, con el fiel porquero Eumeo.

Al saberlo, decidieron tenderle una emboscada. Fue Antínoo, el más soberbio de los pretendientes, quien dijo que con un bajel ligero se pondría a esperarle, oculto en el estrecho que separa Ítaca de Samos, y lo atacaría.

Todos estuvieron de acuerdo y le animaron a que lo hiciera.

Pero un criado fiel a Penélope lo oyó y fue a contárselo a la reina. Ella sintió que le fallaban las rodillas y estuvo un buen rato sin poder hablar, ¡porque no sabía ni tan siquiera que se hubiera marchado Telémaco de la isla! Fue tanto su dolor que empezó a llorar desesperadamente. La oyó la vieja Euriclea y también oyó cómo mandaba la reina a una de sus criadas que fuera a preguntarle a su suegro Laertes si sabía adónde había ido Telémaco.

Entonces la anciana Euriclea le dijo:

—¡Niña querida! Te lo voy a contar todo aunque luego me mates. Telémaco me dijo que se iba y me pidió ayuda; yo le di el vino y la harina para que pudieran comer y beber en su navegación. Fue él quien me obligó a prometerle que no te diría nada para que no pudieras impedir su marcha y para que no lloraras. No te angusties, porque la diosa Atenea lo protege.

Penélope estaba tan triste que no comió nada en todo el día.

Al llegar la noche, poco a poco se fue quedando dormida. Entonces Atenea decidió mandarle un sueño: hizo un fantasma

¡Niña querida!
Te lo voy a contar todo

que tenía la apariencia de una mujer conocida de la reina y se lo envió.

El sueño se deslizó por la cerradura y se le puso sobre la cabeza diciéndole:

—Ten ánimo, Penélope, y no te desesperes. La diosa Atenea protege a tu hijo y quiere que lo sepas. No te preocupes por él: volverá sano y salvo.

La reina, al oírla, le preguntó también por Ulises, si vivía o había muerto ya. Pero el oscuro fantasma no quiso contestarle y se marchó por la cerradura de la puerta como un soplo de viento.

Al despertarse, Penélope se sintió feliz por haber tenido un sueño tan claro en la oscuridad de la noche.

LOS DIOSES ACTÚAN: LA MISIÓN DE HERMES

Amanecía cuando los dioses se reunieron de nuevo. Atenea volvió a hablar de la situación de Ulises. El héroe seguía en el palacio de la ninfa Calipso sin poder salir de la isla porque no tenía nave para hacerlo, y además ahora los pretendientes de su mujer querían matar a su hijo, que había ido a Pilos y a Esparta a preguntar por su padre.

Zeus, al escuchar sus palabras, mandó a Hermes que fuera inmediatamente a decir a la ninfa Calipso que dejase regresar a Ulises a su patria. En veinte días podría llegar en una balsa a la tierra de los feacios, que le tratarían muy bien y le llevarían en una rápida nave a Ítaca.

Hermes se calzó las sandalias con alas, que le permitían volar sobre mar y tierra a la velocidad del viento, y cogió la vara que adormece a los hombres. Volaba sobre las olas como la gaviota que, al pescar peces del mar, moja en él sus alas.

Al llegar a la isla de Calipso, fue hacia la gran gruta donde vivía la ninfa. Ella cantaba mientras tejía. Alrededor de la cueva había un bosque de hermosos árboles con muchas aves marinas; y junto a él, una viña llena de uvas y prados de violetas y de apio.

Hermes entró en la gruta, y Calipso le reconoció enseguida: los dioses se conocen todos aunque vivan apartados.

No estaba allí Ulises, porque siempre se iba a la orilla del mar para imaginar a lo lejos su añorada patria.

Cuando la ninfa le preguntó a Hermes por qué había ido a verla, el dios le contestó:

—Zeus me ha mandado que te diga que dejes marchar a Ulises, ese hombre tan desgraciado que vive contigo, porque su destino no es morir lejos de su patria.

A Calipso no le gustó nada oír la orden de Zeus, pero sabía que no tenía más remedio que obedecerla, y le respondió:

—Yo salvé a Ulises de la muerte al ver que estaba a merced de las olas agarrado a un trozo de su nave, que una tormenta había destruido. Yo le acogí en mi gruta y le dije que, si se quedaba conmigo, no envejecería y no se moriría. Pero ya veo que Zeus ha decidido otra cosa. No tengo yo naves para que pueda volver a su tierra ni tengo criados que puedan acompañarle, pero le diré el modo de llegar a su patria.

Hermes le dijo que lo hiciera enseguida; que si no, Zeus se enfadaría con ella.

En cuanto el dios se fue, Calipso se dirigió a la orilla del mar a buscar a Ulises, donde se pasaba el tiempo mirando el mar y llorando porque echaba de menos a su tierra y a su esposa. Al verle, la ninfa le dijo:

—¡No llores más, Ulises! Voy a dejar que te vayas. Corta unos maderos muy grandes y haz con ellos una balsa. Yo te daré pan, agua y vino, y te mandaré un viento favorable para que puedas navegar y llegar a tu tierra.

Ulises temió primero que Calipso le quisiera engañar, pero cuando la diosa le prometió que no era así, se puso a trabajar con todas sus fuerzas. Cortó veinte troncos y luego los pulió con el hacha. La diosa le dio unos barrenos y con ellos hizo agujeros, donde puso clavos y clavijas para sujetar los tablones.

Poco a poco fue tomando forma la balsa, a la que puso un mástil para la vela y un timón para guiarla por el mar. Calipso le dio también tela para la vela.

Al cuarto día estaba la balsa acabada, y al quinto se despidió de la ninfa y se hizo a la mar. Además de darle ella provisiones, le dijo que, al navegar, siempre tuviera la constelación de la Osa a la mano izquierda.

ULISES A MERCED DE LAS OLAS

Navegó diecisiete días sin ver tierra, pero al dieciocho vio a lo lejos los montes del país de los feacios.

En ese momento regresaba Poseidón del país de los etíopes y vio a Ulises en la balsa a punto de llegar a tierra. ¡Cuánto se enfureció el temible dios del mar!

Inmediatamente, con su tridente, reunió las nubes, provocó grandes torbellinos de vientos y levantó una terrible tormenta.

Una enorme ola cayó sobre Ulises y lo echó lejos de la balsa. Estuvo a punto de irse al fondo del mar porque sus vestidos mojados le pesaban mucho y las olas unas veces le levantaban y otras le hundían. Con gran esfuerzo consiguió agarrarse otra

Con gran esfuerzo consiguió
agarrarse otra vez a la balsa

vez a la balsa, que los vientos llevaban de aquí para allá como si fuera una hoja seca.

Lo vio Ino, la de los pies hermosos, que vivía en el fondo del mar, y le dio pena ver así a Ulises. Tomó la forma de una gaviota, se posó en la balsa y le dijo:

—¿Por qué Poseidón está tan enfadado contigo? Haz lo que te voy a decir: quítate la ropa que llevas, deja la balsa para que los vientos se la lleven, pon este velo que te voy a dar debajo de tu pecho y nada hasta la costa. Cuando llegues a tierra, cógelo y tíralo dentro del mar lo más lejos que puedas.

Después de darle el velo, la gaviota se sumergió en el mar. Ulises hizo todo lo que le había dicho la diosa, aunque tenía miedo de que fuera una trampa para acabar con él. Pero como no tenía otro camino para intentar salvar su vida, se quitó los vestidos, se puso el velo debajo del pecho, se lanzó al agua con los brazos extendidos y se puso a nadar con todas sus fuerzas.

Dos días y dos noches nadó sin descansar, y cuando estaba ya a punto de desfallecer, al tercer día, al salir el sol, se calmó el viento.

Desde lo alto de una gran ola, Ulises pudo ver que la tierra estaba muy cerca. Y volvió a nadar con más fuerzas para llegar a ella.

¡Cuál fue su espanto cuando vio sólo rocas! Si se acercaba mucho, la fuerza del mar lo lanzaría contra ellas y destrozaría su cuerpo.

Mientras estaba pensando qué hacer para tocar tierra, una enorme ola le lanzó contra una roca, pero él se abrazó a ella y dejó pasar la ola. Cuando el agua regresó, lo tiró con fuerza de nuevo al mar. De la misma forma que, cuando se arranca al pulpo de su escondrijo, lleva pegadas piedras en los tentáculos, así quedaron en la roca trozos de piel de las manos de Ulises.

Pero no perdió las fuerzas y siguió nadando a lo largo de la orilla mirando la tierra por si encontraba una playa. Vio por fin que un río desembocaba en el mar y se acercó a su orilla.

Cuando consiguió tocar tierra, se quedó tendido sin fuerzas; tenía el cuerpo hinchado, las manos destrozadas, y le salía agua por boca y nariz. Poco a poco comenzó a respirar mejor y a recobrarse un poco.

Poco a poco comenzó a respirar mejor
y a recobrarse un poco

Entonces tiró el velo de la diosa dentro del río, y sus aguas se lo llevaron al mar.

Ulises no sabía si quedarse en la orilla del río, porque temía el frío de la noche, o meterse en el bosque, donde podía haber fieras. Al final, buscó un escondite entre dos árboles, se tapó con hojas secas y se quedó dormido. Estaba agotado.

ULISES LLEGA AL PAÍS DE LOS FEACIOS

Mientras Ulises dormía, rendido por el sueño y el cansancio, Nausícaa, la bellísima hija del rey Alcínoo, le pidió a su padre que le dejara ir a lavar al río sus vestidos sucios y que le diera un carro, de fuertes ruedas, tirado por mulas, para llevarlos allí.

Su padre le dio lo que le pedía, y su madre añadió todo tipo de comida, agua y vino, y también aceite en una ampolla de oro para que con él se frotara el cuerpo al lavarse.

Nausícaa tomó las riendas del carro y azotó a las mulas para que se pusieran en camino. Iba acompañada de sus criadas.

Al llegar a la orilla del río, soltaron las mulas para que pacieran a gusto y se fueron a lavar la ropa a unos lavaderos que había. Pisaban los vestidos para que así, al frotarlos, se les fuera la suciedad.

Después se bañaron, se pusieron el aceite oloroso y comieron a orillas del río mientras se secaban los vestidos que habían puesto encima de la hierba. Luego se pusieron a jugar a pelota. Nausícaa cantaba, feliz.

Cuando ya habían recogido y doblado la ropa y estaban a punto de regresar a palacio, la princesa tiró la pelota a una de sus criadas con demasiada fuerza y cayó a un remolino del agua. Al verlo, las muchachas gritaron, y con los gritos, Ulises, que dormía muy cerca, se despertó.

Salió de su escondite y cogió una rama con muchas hojas para taparse un poco, porque iba desnudo.

Cuando las muchachas le vieron, se asustaron mucho, porque tenía un aspecto horrible, sucio por la sal del mar.

Las criadas huyeron y se escondieron, pero Nausícaa no lo hizo. Se quedó sola, inmóvil, mirando al extraño hombre.

Ulises no sabía si acercarse o no, por miedo a asustarla también a ella, y desde lejos le rogó que le ayudara. Le dijo que el día anterior había logrado llegar a tierra después de veinte días de estar a merced de las olas. Le pidió un trapo de los de envolver la ropa para tapar su cuerpo y le rogó que le indicara el camino de la ciudad.

Nausícaa le dijo:

—¡Forastero! No me pareces ni un miserable ni un loco. Te daré vestidos y te enseñaré el camino de la ciudad. Yo soy la hija de Alcínoo, el rey de los feacios, que viven en estas tierras.

Y llamó a las criadas para que le dieran de comer y de beber, y también ropa y aceite oloroso para que se lavara en el río.

Después de lavarse y ponerse la túnica que le habían dado, Ulises parecía mucho más alto y más fuerte; era muy apuesto. Las criadas le dieron de comer abundante comida y buen vino. ¡Con qué gusto lo comió todo! ¡Hacía días que no probaba bocado!

Cuando acabó, Nausícaa le dijo:

—Vámonos ya. Yo te guiaré a casa de mi padre. Te enseñaré el camino que lleva a la ciudad, que está cercada por un muro, y tiene un puerto muy protegido, en donde resguardamos las naves. Los feacios son muy buenos navegantes. Pero, cuando vayamos por el campo, camina detrás del carro con mis cria-

...era muy apuesto

das. No quiero que alguien me vea en el carro contigo y hable mal de mí. Que crea que yo, que todavía no he escogido a ningún feacio como esposo, he preferido a un extranjero. Te dejaremos en un bosque que hay junto a la ciudad. Allí verás un prado con una fuente, donde mi padre tiene un campo y una viña llena de uvas. Siéntate ahí y espera un poco. Cuando calcules que nosotras hemos entrado en la ciudad, vete a ella y pregunta por el palacio de mi padre, del rey Alcínoo.

ULISES EN EL PALACIO DE ALCÍNOO

Ulises hizo todo lo que le dijo la prudente Nausícaa. Cuando pensó que ya estarían de vuelta en palacio la princesa y sus criadas, el héroe se dirigió a la ciudad.

Atenea, para que los feacios no atacaran a Ulises, lo envolvió en una nube, y así nadie podía verlo; pero él no se dio cuenta. La diosa tomó la forma de una muchacha que llevaba un cántaro y fue a su encuentro.

Al verla, Ulises le dijo:

–¡Joven! ¿No podrías llevarme al palacio del rey Alcínoo? Soy un forastero que he llegado a esta tierra después de sufrir mucho y no conozco a nadie.

—Yo te indicaré el camino —le contestó Atenea—. Pero anda sin decir nada y no mires a los hombres que encuentres ni les hagas preguntas, porque no les gustan los extranjeros.

Y se puso a andar a buen paso.

Ulises siguió a la diosa, y nadie le vio por la ciudad porque una nube lo hacía invisible.

Al llegar al palacio, le dijo Atenea:

—Éste es el palacio de los reyes. Los encontrarás celebrando un banquete, pero entra sin miedo. Al hombre atrevido la fortuna le sonríe. Cuando veas a la reina, Arete, que es una mujer muy inteligente y prudente, y a la que todo el mundo respeta, ponte a sus pies y pídele que te ayude. Si ella lo hace, podrás volver a tu patria y reunirte con los tuyos.

Después la diosa se marchó.

Ulises entró en el rico palacio, que brillaba como el sol, y fue por todas sus estancias sin ser visto. Sólo cuando estuvo delante de los reyes, la nube desapareció. La gente vio de pronto la figura del héroe, y todos se quedaron asombrados.

Ulises se puso de rodillas ante la reina y le dijo:

...una nube
lo hacía invisible

—Reina Arete, estoy aquí a tus pies después de haber sufrido mucho. Vengo a pedirte que me ayudes a volver a mi patria. Necesito una nave y hombres que me guíen.

Al oírle, el rey Alcínoo le dijo que se levantara y lo hizo sentar en una silla espléndida, que ocupaba uno de sus hijos, al que le pidió que se la cediera al forastero. Luego le invitó a comer y a beber con ellos.

Cuando todos acabaron, Alcínoo les dijo a los jefes de los feacios, que habían compartido la comida con él:

—¡Caudillos y príncipes de los feacios! Ya que habéis acabado de cenar, id a descansar. Mañana, en cuanto salga el sol, hablaremos con este forastero y veremos cómo le ayudamos a volver a su tierra.

A todos les pareció muy bien y se fueron a dormir.

Mientras las criadas quitaban la mesa, el rey Alcínoo y la reina Arete se sentaron junto a Ulises. Arete le preguntó:

—Huésped, ¿quién eres y de dónde vienes? ¿Quién te dio estos vestidos que llevas? ¿No dices que naufragaste en el mar?

El ingenioso Ulises contestó así a la reina:

...el rey Alcínoo y la reina Arete
se sentaron junto a Ulises

—Zeus destruyó mi nave con un rayo. Perecieron todos mis compañeros, pero yo me abracé a la quilla del barco, y las olas me llevaron de aquí para allá durante nueve largos días. A la décima noche me dejaron en la playa de la isla Ogigia, donde vive la diosa Calipso. Me cuidó y me trató muy bien, pero no me dejaba salir de allí. Estuve con ella siete años. Siempre me prometía que, si me quedaba con ella, no envejecería y no me moriría; pero yo me pasaba los días mirando

el mar y llorando porque me acordaba mucho de los míos.

»Al octavo año me ayudó a marchar, sea porque cambió de opinión o porque los dioses se lo mandaran.

»Navegué diecisiete días, y al dieciocho divisé los montes de vuestra tierra. Todavía iba a sufrir la furia del mar, que rompió mi balsa. Nadando, conseguí llegar a la desembocadura de un río. Me escondí entre unos árboles y dormí toda la noche y el día siguiente.

»Desperté cuando se estaba poniendo el sol y vi a tu hija jugando con sus criadas a pelota; parecía una diosa, ¡es bellísima!

»Le rogué que me ayudara, y ella lo hizo. Me dio pan y vino, me regaló unas vestiduras y me dijo que me lavara en el río y me untara con aceite.

Al oír su relato, Alcínoo quiso saber por qué su hija no le había llevado hasta su presencia pues le parecía que no había tratado del todo bien a un extranjero; pero Ulises le contó detalladamente lo que hizo la prudente Nausícaa.

El rey le dijo que al día siguiente le daría una nave y remeros para que pudiera regresar a su patria. Y la reina mandó a las criadas que prepararan una cama para el huésped en el pórtico, con una hermosa colcha roja y pieles para que no pasara frío.

LA COMPETICIÓN ATLÉTICA

Al otro día, el rey Alcínoo convocó a los feacios en la plaza para presentarles a su huésped y decirles cómo tenían que ayudarle. Escogió a cincuenta y dos jóvenes para que le llevaran en una hermosa nave a su tierra. Y luego prepararon el barco, con velas y remos atados con correas, dispuesto para navegar.

Después fueron todos a comer a palacio. El rey había mandado matar doce ovejas, ocho cerdos y dos bueyes para el banquete.

Un juglar ciego, Demódoco, que cantaba maravillosamente y tocaba la cítara, empezó a contar la discusión entre Ulises y Aquiles en la guerra de Troya y cómo el rey Agamenón se alegró mucho al verlo porque el oráculo le había dicho que, cuando se peleasen sus dos mejores guerreros, iba a empezar el desastre de los troyanos.

Al oír la historia, Ulises se tapó la cabeza con el manto rojo porque no podía evitar que le cayeran lágrimas de los ojos y no quería que los feacios le vieran llorar.

Alcínoo, que estaba a su lado, se dio cuenta y oyó sus hondos suspiros. Para que el juglar no siguiera cantando lo que entristecía a su huésped, les dijo a los feacios que, como habían comido y bebido muy bien, ya podían empezar los juegos atléticos: la carrera, el salto, el lanzamiento del disco y la lucha.

Entonces Laodamante, uno de los hijos del rey, le dijo a Ulises que por qué no competía con ellos en alguno de los juegos. El héroe se excusó diciendo que no tenía ganas, porque lo único que quería era volver a su tierra y sus penas no le dejaban competir con todas sus fuerzas. Pero uno de los jóvenes caudillos, Euríalo, un tanto impertinente, le dijo que no parecía persona que conociera esos juegos y que debía de ser en realidad un capitán de piratas.

...doce ovejas, ocho cerdos
y dos bueyes para el banquete

Entonces Ulises, mirándole con muy mala cara, le dijo:

–Eres un insensato. Los dioses no han repartido de la misma forma entre los hombres sus dones: la belleza, el ingenio y el poder de la palabra. Hay personas poco favorecidas que, sin embargo, tienen el don de la palabra; en cambio, otras muy bellas no saben decir una palabra tras otra. Eso es lo que te pasa a ti: eres apuesto, pero no inteligente. Me has insultado. Conozco muy bien estos juegos y los practiqué cuando fui joven; pero las penalidades que he sufrido me han quitado fuerza. Sin embargo, para que veas lo insensato que has sido,

voy a probar fortuna con el disco.

Se levantó, tomó un disco mayor y más pesado que el que habían tirado los feacios, dio con él algunas vueltas y lo lanzó. Salió con tal fuerza que los feacios se agacharon. El disco fue mucho más allá de las señales de los otros lanzamientos.

Todos se quedaron asombrados por la fuerza y la habilidad del extranjero.

Y Alcínoo, para que se olvidara de su enfado, dijo a los bailarines feacios que mostraran al huésped sus bailes. Y al juglar, Demódoco, que cantara otra vez con su cítara.

EL CANTO
DEL JUGLAR
DEMÓDOCO

Mientras Ulises admiraba la rapidez de los movimientos de los bailarines, Demódoco empezó a cantar de nuevo muy bellas historias.

Luego el rey pidió a los feacios que le dieran regalos al huésped para que tuviera buen recuerdo de ellos. Y todos le llevaron objetos preciosos, y Euríalo, arrepentido de haberle ofendido, le regaló una hermosa espada de bronce con vaina de marfil y puño de plata.

En la cena, mientras comían y bebían, Ulises quiso que Demódoco cantara otra vez y le pidió que narrara cómo los griegos metieron el caballo de madera lleno de guerreros dentro de los muros de Troya, engaño que les permitió ganar la guerra.

El juglar empezó a cantar entonces cómo los griegos incendiaron el campamento y volvieron a las naves para simular que se marchaban. Mientras tanto, el caballo de madera que escondía en su interior a Ulises y a los mejores guerreros griegos estaba ya dentro de Troya. Los troyanos no sabían si atravesar su panza de madera con sus espadas o dejarlo como regalo para los dioses.

Luego el juglar cantó cómo de noche salieron de la panza del caballo los griegos y atacaron a la ciudad desprevenida.

Al oírlo, las lágrimas resbalaban por las mejillas de Ulises. De nuevo Alcínoo, que estaba junto a él, se dio cuenta y dijo:

—Que Demódoco cese de tocar la cítara, porque lo que canta tal vez no les gusta a todos los que le escuchan. Veo que nuestro huésped no deja de llorar; seguro que se ha acordado de algo doloroso.

Y luego, dirigiéndose a Ulises, le preguntó:

—Huésped, dinos tu nombre y el de tu país para que nuestro barco pueda llevarte allá.

...el caballo de madera que escondía en su interior
a Ulises y a los mejores guerreros griegos

ULISES EMPIEZA A CONTAR SUS AVENTURAS: LOS LOTÓFAGOS

Ulises le dijo al rey:

—Rey Alcínoo, da mucho gusto escuchar el canto de un buen juglar mientras se come y se bebe. Pero ya que quieres saber mis desdichas, ¿cuál te contaré primero, pues han sido tantas las que he tenido?

Te diré mi nombre.

Yo soy Ulises, hijo de Laertes, famoso por mi astucia. Vivo en la isla Ítaca, que tiene un monte, el Nérito, con bosques frondosos, y está rodeada de otras islas. No hay cosa más dulce que la patria y los padres. Aunque se viva en una casa magnífica, si se está lejos de ellos, se echan mucho de menos.

...perdí a varios compañeros
que lucharon

Pero voy a contarte el regreso a mi tierra, lleno de penalidades. Cuando salí de Troya, el viento nos llevó al país de los cicones, en donde perdí a varios compañeros que lucharon con ellos para conseguir comida.

Luego una tempestad nos llevó a la deriva por el mar durante nueve días hasta que, al décimo, llegamos a la isla de los lotófagos, que se llaman así porque comen loto.

Saltamos a tierra, y en la orilla comimos y bebimos. Luego mandé a tres compañeros a explorar el país y a ver qué gente lo poblaba.

Los lotófagos les dieron para comer loto, y al probar ese fruto, dulce como la miel, se olvidaron de todo.

Tuve que llevarlos a la fuerza, arrastrando, a las naves y los hice atar en los bancos para que no se escaparan. ¡Lloraban porque querían quedarse en la isla del loto!

Así que mandé que los remeros empezaran a remar enseguida para alejar las naves de la isla.

EL CÍCLOPE POLIFEMO

Llegamos poco después a las tierras de los cíclopes.

Son gigantes soberbios, que no se rigen por leyes y que no trabajan porque la tierra les da todos los frutos sin necesidad de que la cultiven. Viven en cuevas, en los montes, y no se relacionan apenas.

Delante de su tierra hay una pequeña isla llena de bosques y con muchas cabras monteses; tiene un pequeño puerto muy resguardado. En lo alto del puerto hay una fuente de agua muy clara que mana de una cueva rodeada de árboles.

En una noche oscura, con niebla cerrada, llegamos a ese lugar. Saltamos a tierra y esperamos a que amaneciera. Luego cazamos cabras y pudimos comer y beber con toda tranquilidad.

A lo lejos se veían la tierra de los cíclopes y el humo que hacían.

Al día siguiente, yo quise ir a ver cómo eran aquellos hombres gigantes que habitaban en esa tierra. Dejé las doce naves en el puerto de la islita y me dirigí allá sólo con la mía y los compañeros de mi nave.

Al desembarcar, escogí a doce de los mejores para que me acompañaran y dejé a los otros al cuidado de la nave. Nos llevamos comida y una bota llena de un vino muy dulce y muy fuerte.

Cerca del mar había una gran cueva. Entramos y vimos que estaba llena de quesos y con muchos corderos y cabritos. No había nadie en ella.

Mis compañeros me rogaron que cogiéramos algunos quesos y cabritos y que nos fuéramos. Pero yo quería saber qué hombre vivía allí, y les mandé que encendieran fuego y que esperáramos su vuelta.

No tardó en aparecer un gigante, un monstruo horrible, con

Cerca del mar
había una gran cueva

un solo ojo. Venía cargado con leña seca para preparar su comida. La dejó caer en la cueva e hizo tal estruendo que nos fuimos todos al fondo de la cueva, asustados.

Luego metió todas las ovejas y los carneros que pacían fuera y cerró la boca de la cueva con un enorme peñasco; era tan grande que no lo hubieran podido mover ni veintidós carros tirados por bueyes. Acto seguido empezó a ordeñar las ovejas y las cabras.

Al encender el fuego, nos vio y nos preguntó con un vozarrón terrible:

—¿Quiénes sois? ¿De dónde habéis venido? ¿Dónde habéis dejado vuestra nave?

Yo, no confiando nada en ese terrible gigante, no le dije toda la verdad. Le conté que éramos griegos y que una tormenta nos había hundido nuestro barco al chocar contra las rocas de su tierra y que habíamos podido llegar a nado.

El cíclope, que se llamaba Polifemo, en vez de seguir hablando conmigo, cogió a dos de mis compañeros y, como si fueran animales, los mató dándoles un golpe brutal contra el

suelo. Luego los devoró sin dejar ni los huesos y bebió grandes vasos de leche.

Nosotros lo contemplábamos todo, aterrorizados, y llorando por nuestros compañeros muertos.

Después de comer, el gigante Polifemo se acostó en la cueva, en medio de sus ovejas. Pensé entonces en atravesarle el pecho con mi espada, pero hubiéramos muerto todos encerrados en la cueva porque no teníamos suficiente fuerza para mover la enorme roca que la cerraba.

Pasamos la noche llorando sin poder hacer nada.

Al amanecer, el cíclope encendió fuego, ordeñó las ovejas y devoró a otros dos compañeros nuestros. Luego quitó la enorme roca de la boca de la cueva, hizo salir a su ganado y volvió a cerrarla dejándonos dentro.

Yo me quedé pensando qué podíamos hacer para librarnos de esa muerte terrible. Se me ocurrió enseguida una idea y la puse en práctica.

LA ASTUCIA VENCE A LA FUERZA

Había en el suelo una enorme rama de olivo verde que el cíclope tenía allí para que se secase. Le corté una estaca y dije a mis hombres que la pulieran. Después pasé por el fuego uno de sus extremos para que se endureciera y la escondí debajo del mucho estiércol que había en la cueva.

Polifemo volvió al atardecer e hizo lo mismo que la noche anterior. Cuando acabó su tarea, cogió a otros dos de mis compañeros, los estrelló contra el suelo y los devoró.

Cuando vi que había acabado, me acerqué a él y le ofrecí el dulce vino que llevábamos. Le llené un vaso, y él se lo bebió de un trago y pidió más. Pero antes me preguntó cómo me llamaba para hacerme un regalo como huésped suyo. Yo le di tres veces más el dulce y fortísimo vino y le dije:

—Cíclope, mi nombre es Nadie, y así me llaman todos. No te olvides del regalo que me has prometido.

Y Polifemo me contestó cruelmente:

—A Nadie lo comeré el último. Ése es el regalo que te hago.

Al decir estas palabras, el vino había hecho ya su efecto, y el cíclope cayó hacia atrás, completamente borracho y dormido. Le salía por la enorme boca el vino con trozos de carne.

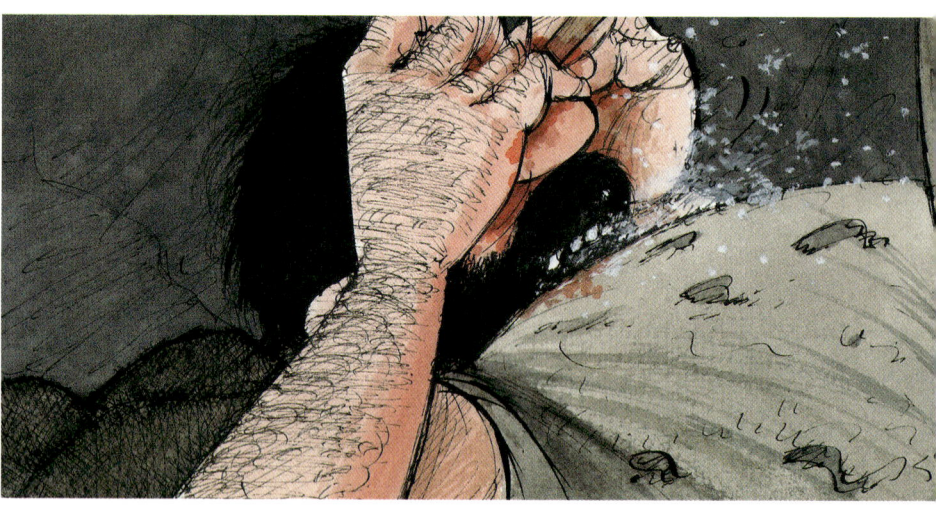

...cuando estuvo al rojo vivo, la saqué y, cogiéndola con cuatro compañeros míos, se la metimos en el único ojo que tenía

99

Entonces puse la estaca en el fuego y, cuando estuvo al rojo vivo, la saqué y, cogiéndola con cuatro compañeros míos, se la metimos en el único ojo que tenía y le dimos vueltas para que se lo quemara por completo.

El cíclope dio un horrendo gemido de dolor que hizo retumbar la cueva.

Dejamos la estaca clavada y nos fuimos a refugiar al fondo. El gigante se la arrancó del ojo, llena de sangre, la tiró al suelo y empezó a llamar a grandes gritos a los demás cíclopes.

Al oírle, acudieron a la puerta de la cueva, que seguía cerrada con la enorme roca, y le preguntaron qué le pasaba, si alguien le estaba matando.

Polifemo les contestó desde dentro de la cueva:

—Nadie me está matando.

Y ellos, al oírle, le dijeron:

—Pues si nadie te mata, es que estás enfermo y no podemos hacer nada. Ruega a Zeus que te cure.

Y se fueron.

Yo sonreía pensando en que mi engaño había funcionado muy bien.

El gigante Polifemo se había quedado ciego y tenía un dolor terrible. Quitó a tientas la roca y se sentó a la entrada tendiendo los brazos para tocar todo lo que saliera de la cueva.

Entonces pensé en la forma de escaparnos.

Cogí tres carneros de lana espesa y oscura, y los até juntos. Debajo del carnero del medio, até a uno de mis compañeros agarrado a él, e hice lo mismo con los otros. Yo cogí el carnero más grande y con más lana y me agarré a su panza.

El gigante Polifemo se había quedado ciego
y tenía un dolor terrible. Quitó a tientas la roca

Al amanecer, los animales salieron de la cueva. Polifemo los palpaba para ver si no salíamos montados en ellos, pero no les tocó la panza. El carnero al que yo estaba agarrado era su preferido; se extrañó de que saliera el último porque siempre lo hacía el primero. Lo agarró, pero no tocó su panza; y luego lo dejó ir con mi carga.

Cuando estuvimos todos fuera, desaté a mis compañeros y les hice un gesto con las cejas para que no dijeran ni una sola palabra. Sin hacer ruido volvimos a la nave llevándonos algunos de aquellos carneros.

Ya en el mar, le grité a Polifemo:

—Cíclope, no tenías que haber empleado tu fuerza para comerte a mis compañeros. Éramos tus huéspedes, y los dioses te han castigado.

Al oírlo, cogió la cumbre de una montaña y la lanzó hacia el lugar donde oía mi voz. Estuvo a punto de caer en la nave y destrozarla; cayó delante de ella y, con la fuerza del agua, nos llevó otra vez a la orilla.

Mandé con un gesto que todos se pusieran a remar con

todas sus fuerzas, y conseguimos volver a navegar mar adentro.

Estábamos ya bastante alejados y, aunque mis compañeros me rogaron que no le dijera nada más, yo le grité de nuevo al gigante estas palabras:

–Cíclope, si algún hombre te pregunta quién te cegó, dile que fue Ulises, hijo de Laertes, y que su patria es Ítaca.

Al oírme, Polifemo dijo con su voz atronadora:

–Un gran adivino me dijo hace tiempo que Ulises me dejaría ciego. Pero yo esperaba que llegara un hombre como yo, gallardo, de mucha fuerza, y no un hombre pequeño como tú, que me engañó con el vino.

Y entonces, a grandes voces, el cíclope le rogó a su padre Poseidón, el dios del mar, que Ulises no regresara nunca a su tierra. Y que si acaso estaba destinado a volver a verla, que lo hiciera tarde y mal, en una nave que no fuera suya y después de haber perdido a todos sus compañeros.

Aún volvió a lanzarnos otro enorme peñasco; pero como estábamos más lejos, cayó detrás de la nave, y el agua nos empujó hacia delante, hacia la islita donde nos esperaban nuestros otros compañeros.

Allí repartimos los carneros de Polifemo, comimos abundante carne y bebimos hasta que se puso el sol. Luego descansamos y, en cuanto amaneció, embarcamos y nos fuimos con el corazón muy triste por los amigos desaparecidos.

EOLO Y EL ODRE DE LOS VIENTOS

Llegamos a la isla Eolia, isla flotante rodeada por un alto muro y con una enorme y escarpada roca en su interior. Allí vivía Eolo, que me trató como un amigo. Me preguntó sobre muchas cosas: sobre Troya, sobre la vuelta de los griegos... Estuvimos allí un mes.

Cuando quise marcharme, me dio los soplos de los vientos encerrados en un odre, un cuero de un buey de nueve años. Eolo mandaba sobre ellos y los podía calmar o hacer soplar con fuerza. Si alguien lo abría, saldrían todos los vientos, y se desencadenaría un huracán.

Ató el cuero en la nave con un reluciente hilo de plata para que no se escapara el menor soplo. Sólo dejó fuera el viento Céfiro para que, soplando dulcemente, empujara nuestras naves.

Navegamos nueve días y nueve noches. Al décimo vimos a lo lejos nuestra tierra, Ítaca. Entonces, al ver que ya llegaba a casa, muy cansado porque siempre había estado yo al timón, me dejé vencer por el sueño.

Mientras dormía, mis compañeros se pusieron a hablar de los muchos regalos que yo llevaba a casa y de que ellos volvían con las manos vacías. Y como creyeron que el odre que me había dado Eolo estaba lleno de oro y plata, decidieron abrirlo para ver si era así, pensando tal vez en repartírselo.

En cuanto deshicieron el hilo de plata, se escaparon con una fuerza inmensa todos los vientos, y se desencadenó una terrible tempestad que empujó las naves mar adentro.

Después de estar a punto de naufragar, llegamos otra vez a la isla Eolia.

Cuando Eolo supo lo que había pasado, me dijo, furioso:

—¡Sal de la isla inmediatamente! No puedo ayudar a un

hombre al que los dioses aborrecen. Si has vuelto es porque algún dios te quiere mal. ¡Vete!

LA MAGA CIRCE
Y SUS ENCANTAMIENTOS

Volvimos a las naves y nos pusimos de nuevo a remar sin descanso. Estábamos todos agotados. Al séptimo día de navegación llegamos a la ciudad de Lestrigonia, que tenía un puerto muy protegido entre altos peñascos.

Mandé a tres compañeros que averiguaran qué gente eran los lestrigones.

En cuanto los vio su rey, Antífates, que era tan alto como un monte, cogió a uno de ellos y se lo comió. Los otros dos pudieron huir y regresar a los barcos. Pero los gigantes lestrigones empezaron a tirarnos desde lo alto enormes pedruscos, que nos hundían las naves. Yo, al verlo, corté con mi espada las

amarras de mi barco de proa azulada y me hice lo más deprisa que pude a la mar.

Sólo se salvó del desastre mi nave; todas las demás y muchos hombres quedaron sepultados en el puerto de los lestrigones.

Navegando, llegamos luego a la isla Eea, donde vivía Circe, la de lindas trenzas, una poderosa diosa, hija del Sol y nieta del Océano.

Entramos sin hacer ruido en el puerto, amarramos la nave y, totalmente agotados, nos echamos en la tierra, donde dormimos dos días seguidos; no podíamos más con el cansancio y las penas.

Al tercer día, subí, armado con mi lanza y mi espada, a lo alto de un monte para intentar ver si vivía alguien en esa tierra.

Vi salir humo entre un encinar y una espesa selva.

Quise dirigirme yo solo allí para ver quién había encendido el fuego; pero pensé que era más prudente regresar donde estaban mis compañeros, conseguir comida para todos y enviar a algunos de ellos a que lo averiguasen.

Cerca ya de la nave, vi un gran ciervo de altos cuernos que bajaba al río a beber; me acerqué a él y lo maté clavándole la

lanza en el espinazo. Luego até las patas de la enorme bestia y, poniéndomelo a los hombros, bajé a la playa con gran esfuerzo. Así pudimos comer todos.

Cuando llegó la noche, dormimos.

Al día siguiente les dije que había visto humo y que debíamos ir a ver quién habitaba esa tierra. Al acordarse de los lestrigones y del cíclope, mis .compañeros se pusieron a llorar porque imaginaron nuevos peligros terribles. Pero yo, sin hacerles caso, formé dos grupos: puse al mando de veintidós hombres a Euríloco, y yo mandaba a los demás. Echamos a suertes el grupo que iría a explorar, y le tocó al de Euríloco.

En un valle descubrieron el palacio de piedra de Circe. A su alrededor había lobos y leones, a los que la diosa Circe había encantado con drogas. Sin embargo, los animales no atacaron a mis hombres, sino que se acercaron a ellos pacíficamente, moviendo sus largas colas, como si fuesen perros que vieran a sus amos.

Al llegar a la entrada del palacio, oyeron a Circe que cantaba una bella canción. Mis hombres la llamaron a voces, y ella les abrió la magnífica puerta y los invitó a entrar. Todos la siguieron menos Euríloco, que se quedó fuera porque temió algún peligro.

Los hizo sentar en sillas y sillones, y les dio a comer una mezcla de queso, harina y miel con vino, y echó en él drogas para
que lo olvidaran todo. Luego los tocó con una varita y los con-

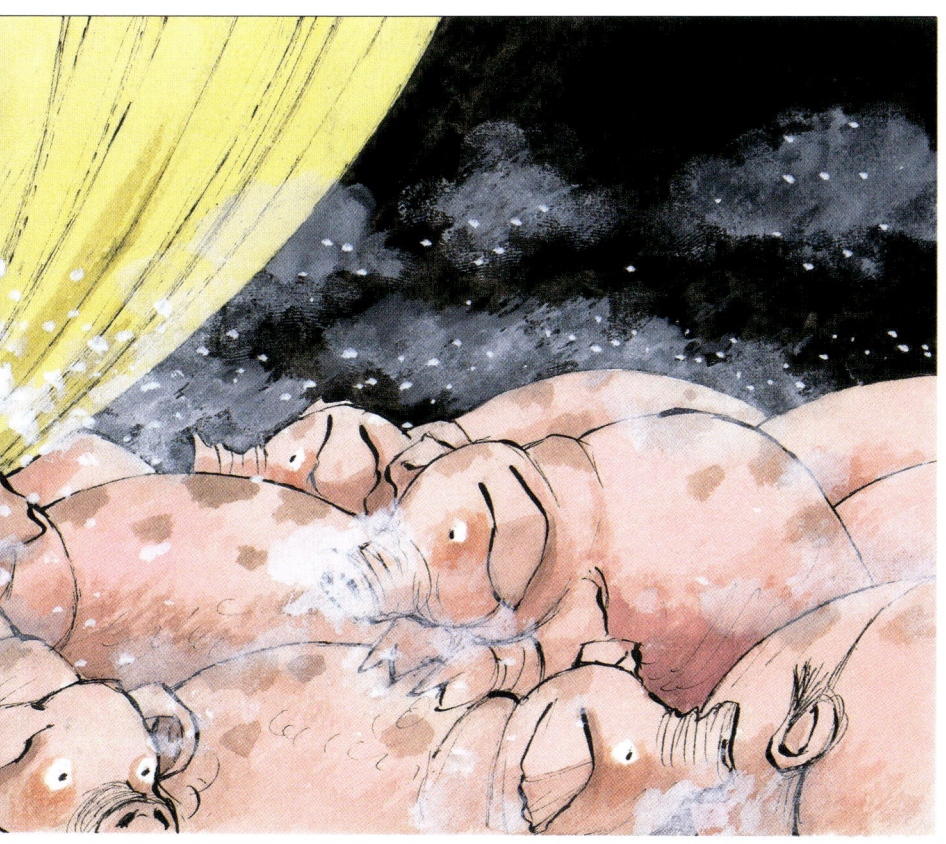

virtió en cerdos; enseguida los encerró en pocilgas. Tenían el cuerpo de los cerdos, pero el cerebro de hombres, y, al verse así, empezaron a llorar. Circe les echó bellotas para que comieran.

Euríloco, al verlo todo, volvió enseguida a contarnos la terrible desgracia. Quería que huyéramos todos inmediatamente. Pero yo le dije que se quedara allí, junto a la nave, porque yo iría al palacio de la diosa maligna.

EL DIOS HERMES AYUDA A ULISES

Cuando me dirigía allá, me salió al encuentro el dios Hermes en figura de un guapo joven y me dijo:

–¿Adónde vas por estos montes, solo y sin conocer esta tierra? Tus amigos están encerrados en pocilgas, en forma de cerdos, en el palacio de Circe. ¿Vas a liberarlos? Pues no creo que vuelvas; pronto vas a tener su apariencia.

»Pero me das pena y voy a ayudarte: te daré un remedio que te salvará de las malas artes de la diosa. Tómatelo antes de que ella te dé a comer una mezcla apetitosa en la que pondrá drogas malignas.

»Luego, cuando vaya a tocarte con su larga varita, saca la espada y haz como si fueras a matarla. Entonces ella querrá ser tu amiga. No te niegues, pero antes hazle jurar que no te hará daño alguno.

Hermes arrancó del suelo una planta de raíz negra y flor blanca como la leche y me la dio. Luego se fue al Olimpo, y yo me dirigí hacia el palacio de Circe.

Todo pasó como me había dicho el dios. Y cuando Circe creyó que yo iba a atacarla con la espada, se puso de rodillas y, llorando, me dijo:

—¿Quién eres y de dónde vienes? No sé cómo has podido beber estas drogas sin quedarte encantado porque nadie ha podido resistir su poder. Seguro que eres Ulises. Me habló de ti Hermes y me dijo que llegarías aquí después de salir de Troya. Pero guarda tu espada; seamos amigos.

—¿Cómo voy a fiarme de ti —le dije— si has convertido en cerdos a mis amigos? Júrame que no me vas a hacer ningún daño, y seremos amigos.

Así lo hizo Circe, la de las bellas trenzas.

Y mandó a sus criadas que me prepararan un baño oloroso,

y que me dieran bellos trajes y una comida espléndida. Pero yo no quise comer, sino que me quedé quieto, con lágrimas en los ojos. La diosa, al verme, me preguntó:

–¿Por qué, Ulises, te quedas así, mudo, sin comer y sin beber? No tengas miedo de que te haga daño porque juré que no lo iba a hacer.

Entonces le contesté:

–¡Cómo quieres que coma y beba si sé que mis amigos son cerdos y están encerrados en pocilgas! Devuélveles su forma humana, y comeré y beberé contigo.

Circe salió del palacio y abrió las puertas de las pocilgas. Cuando mis amigos salieron, untó su cuerpo de cerdos con una nueva droga, y al momento volvieron a ser hombres, pero más jóvenes, altos y gallardos.

Todos me reconocieron y, uno a uno, me dieron la mano. Lloramos emocionados. Hasta la propia Circe se conmovió con nuestro llanto. Luego la diosa me dijo que sacara a tierra la nave, ocultara en las cuevas todas las riquezas y llevara a palacio a mis compañeros.

*...y al momento
volvieron a ser hombres*

Fui a la playa a buscarlos. Cuando me vieron, todos me rodearon, llorando, porque habían pensado que no iba a volver nunca.

Les conté lo que había pasado y les dije lo que tenían que hacer. Obedecieron todos porque tenían muchas ganas de ver a sus amigos, aunque Euríloco les quiso convencer de que era una nueva trampa y de que también iban a ser transformados en cerdos.

Al llegar al palacio de Circe, vimos a nuestros compañeros con bellos mantos y túnicas que les había dado la diosa, comiendo y bebiendo, muy felices. ¡Qué alegría tuvieron todos de volver a verse! Entonces nos sentamos todos a comer y beber.

Estuvimos allí un año entero, comiendo buena carne y bebiendo dulce vino. Pero cuando empezaron de nuevo a sucederse las estaciones, mis compañeros me recordaron que debíamos volver a nuestra patria.

CIRCE LE ANUNCIA NUEVOS PELIGROS A ULISES

Esa noche hablé con Circe y le recordé la promesa que me había hecho un día de no retenerme a la fuerza y de ayudarme a regresar a mi tierra.

La diosa cumplió su palabra y nos dijo que ese día comiéramos y bebiéramos tranquilamente en palacio para embarcar al día siguiente.

Al caer la noche, cuando todos se fueron a dormir, Circe se sentó a mi lado y me dijo lo siguiente:

—Te voy a contar los peligros que vas a encontrar para que puedas sortearlos y llegar a tu tierra.

»Primero encontrarás a las sirenas, de grandes alas, porque

son medio aves, medio mujeres. Con su canto atraen y encantan a cuantos se acercan a ellas y después los devoran. Cantan tan maravillosamente que todo el que las oye se olvida de su esposa y de sus hijos, y se va a la pradera en donde están ellas, rodeadas de huesos de los que allí acuden. Para que no os pase lo que a todos, tapa con cera los oídos de tus compañeros y, si tú quieres oír su bellísimo canto, di que te aten de pies y manos al mástil del barco. Y que no te desaten por más que se lo pidas.

»Cuando hayas salvado el peligro de las sirenas, te encontrarás con dos enormes peñascos. Uno llega al cielo con su pico, que está siempre coronado de una nube oscura; ningún hombre podría escalarlo porque la superficie de la roca es completamente lisa. En medio del peñasco hay una cueva tan profunda que ninguna flecha disparada por un arquero experto podría llegar al fondo. Allí vive Escila, un monstruo de doce pies deformes, seis cuellos larguísimos con seis cabezas que tienen tres hileras de dientes, llenos de negra muerte. Aúlla como una perra recién nacida. Tiene la mitad del cuerpo dentro de la

cueva y sólo saca las cabezas y come delfines y monstruos ma-
rinos. Si pasa cerca alguna nave, agarra a los marineros y los
engulle.

»Al otro lado del mar hay otra enorme roca. En ella verás una higuera silvestre; a su pie, Caribdis sorbe la turbia agua. Tres veces al día la echa fuera y otras tres la sorbe de modo espantoso. No te acerques porque no podrías librarte de la muerte. Debes pasar cerca de Escila, porque es mejor perder a seis compañeros a que todos perezcáis.

Al oír lo que me contaba, le pregunté a Circe si había algún modo de evitar que Escila devorara a mis hombres.

–¡Infeliz! No se puede hacer nada contra Escila, que no es mortal, sino una plaga que nunca desaparece. Tenéis que huir de ella cuanto antes, porque si os detenéis, tendrá tiempo de lanzarse por segunda vez contra la gente de tu nave.

Y continuó anunciándome peligros:

–Después llegarás a Trinacria, donde pacen las setecientas vacas y ovejas del Sol; no se reproducen, pero tampoco se mueren. No tienes que tocar el ganado; si lo haces así, aún podrás llegar sin daño a tu tierra. Pero si alguien mata a alguno de los animales, te anuncio que perderás a todos tus amigos y la nave. Y aunque tú escapes, llegarás solo, tarde y mal a tu patria.

Así me anunció Circe los enemigos con los que me iba a encontrar.

DOS NUEVAS AVENTURAS: EL CANTO DE LAS SIRENAS, Y ESCILA Y CARIBDIS

Al amanecer nos embarcamos.

Mientras navegábamos, les dije a mis compañeros qué tenían que hacer cuando llegáramos a la isla de las sirenas.

Tardamos poco en verla a lo lejos.

Yo cogí cera, hice que se derritiera al sol, y les tapé los oídos a mis compañeros; luego me ataron con fuertes cuerdas al mástil. Enseguida se pusieron a remar con fuerza.

Como pasábamos cerca de la orilla, las aladas sirenas nos vieron y empezaron a cantar diciéndome:

–¡Ulises, gloria de los griegos, acércate! Oirás nuestro bello canto. Nadie que haya pasado por aquí ha dejado de escucharlo. Todos se marchan sabiendo mucho más que antes, porque nosotras cantamos todo lo que sufrieron griegos y troyanos en la guerra de Troya y todo lo que pasa en la tierra, pues tenemos noticia de todo.

Al oír esto, moví las cejas para que mis compañeros me desataran. Pero unos se pusieron a remar con más fuerza, y otros me ataron más fuerte.

Cuando dejamos atrás la isla, se quitaron la cera de los oídos y me desataron.

Poco rato después, vi a lo lejos un humo espeso y unas olas terribles y oí un estruendo espantoso. Avisé enseguida al piloto que procurara apartar la nave del humo y de las olas y la acercara lo más que pudiera al peñasco. No les hablé del peligro inevitable de Escila para que no dejaran los remos y fueran a esconderse dentro del navío.

Estábamos aterrorizados contemplando a Caribdis, que sorbía de manera espantosa el agua del mar y, al vomitarla, la revolvía como si estuviera en una caldera sobre el fuego.

Y de pronto Escila cogió a seis de nuestros mejores remeros. Vi sus pies y manos moverse en el aire mientras oía cómo me llamaban por última vez.

Y de pronto Escila cogió
a seis de nuestros mejores remeros

LAS VACAS DEL SOL

Después de que nos escapáramos de los dos peñascos, de Escila y de Caribdis, llegamos muy pronto a Trinacria, donde estaban las vacas y las ovejas del Sol, hijo de Hiperión.

Aún en el mar, oí los mugidos de las vacas y los balidos de las ovejas. Me acordé de lo que me había dicho Circe y les advertí a mis compañeros:

—Circe me recomendó que no nos detuviéramos en esta isla donde pastan los ganados del Sol. Pero si lo hacemos porque estamos agotados, tenéis que jurarme que nadie matará un solo animal de la isla y que comeremos sólo la comida que nos dio Circe antes de salir.

Todos lo juraron y saltaron a tierra. Comimos y bebimos lo que llevábamos y lloramos mucho por los amigos muertos.

Al llegar la noche, descansamos.

Antes de que amaneciera, Zeus mandó una terrible tempestad a la isla; y al levantarnos, tuvimos que meter en una cueva la nave para que los vientos y las olas no la destrozaran.

Volví a recordarles a mis compañeros que no podíamos tocar el ganado del Sol, que todo lo ve y todo lo oye, porque nos castigaría.

Durante un mes entero, soplaron vientos contrarios. Mientras tuvimos comida, nadie pensó en las vacas y ovejas del Sol. Pero cuando se acabó y tuvieron que empezar a pescar con anzuelos, me di cuenta de que estaban pensando en el ganado.

Muy preocupado, fui al interior de la isla para ver si encontraba a alguien que me dijera cómo volver a la patria.

Cansado de andar, me senté y me dormí.

Cuando volví a la playa, mis compañeros estaban asando las vacas más hermosas, porque habían decidido que no había desgracia mayor que morir de hambre.

Yo haré pedazos su nave
con un ardiente rayo

El Sol, al ver lo que habían hecho con su ganado, se fue a ver a Zeus, el padre de los dioses, y le dijo:

—¡Padre Zeus, castiga a los compañeros de Ulises porque han matado a mis vacas! A mí me gustaba verlas cuando subía al cielo y, después, al volver a la tierra. Si no me vengas, bajaré al Hades, el reino de las sombras, y alumbraré a los muertos.

Zeus le contestó:

—Sol, sigue alumbrando a los que viven en la tierra porque voy a castigar a esos hombres. Yo haré pedazos su nave con un ardiente rayo.

Todo esto me lo contó Calipso, la de hermosa cabellera. Me dijo que se lo había dicho Hermes, el mensajero de los dioses.

Durante seis días mis compañeros hicieron banquetes con el ganado del Sol. Al séptimo, amainó el viento y nos hicimos a la mar.

Cuando ya no se veía la isla ni tierra alguna, empezó una terrible tempestad, y Zeus lanzó un rayo contra la nave y la partió en dos. Todos mis amigos cayeron al mar y se ahogaron.

Yo me agarré a la quilla de la nave, que flotaba sola, y le jun-

té el palo del mástil, que andaba suelto, con una cuerda que tenía enrollada. Y tendido encima de los maderos, me dejé llevar por las olas.

Toda la noche me llevaron de aquí para allá.

Al salir el sol, me di cuenta de que otra vez estaba muy cerca de Escila y de Caribdis, y enseguida ésta se tragó los trozos de la nave.

En ese momento, me agarré a la higuera que crecía en las rocas más bajas de Caribdis como si fuera un murciélago, colgado de las manos, porque no podía apoyar los pies en parte alguna.

Esperé que vomitara la quilla y el mástil, y entonces me dejé caer en el agua y me volví a subir a los maderos.

Remé con los brazos para alejarme enseguida de aquel espantoso lugar.

Desde allí fui por el mar, sin rumbo, durante nueve días. Al décimo llegué a la isla Ogigia, donde vive la ninfa Calipso, que me acogió y me cuidó.

El resto ya lo conocéis porque os lo conté ayer.

LA VUELTA DE ULISES A ÍTACA

Ulises había acabado así su relato. Todos estaban sin decir una palabra por el gusto que les había dado escucharle.

Entonces fue el rey Alcínoo quien habló y le dijo que le ayudaría a regresar a su patria para que no tuviera que vagar más por el mar. Además le dio muchos regalos y les pidió a sus amigos que también le regalaran muchas cosas para que no llegara sin nada a su tierra.

Le prepararon una gran nave, pusieron en ella todos los regalos y escogieron a los mejores remeros.

De noche se hicieron a la mar. Pusieron una colcha y una

tela de lino sobre las tablas de popa para que Ulises pudiera echarse allí a dormir.

Un sueño profundo y dulce le llevó a no ver cómo la popa de la nave se levantaba y avanzaba por el mar; se parecía a los caballos que se lanzan a correr, a golpes del látigo, tirando del carro en una carrera de cuadrigas. Cuando salió la estrella que anuncia el amanecer, llegaron a Ítaca.

La nave se detuvo en la playa. Los marineros sacaron a Ulises, que todavía dormía, sobre la colcha y la tela de lino, y lo dejaron en la arena. Después, bajaron todas las riquezas que le habían dado los principales de los feacios y regresaron a su país.

LA CONVERSACIÓN DE ATENEA CON ULISES

Ulises despertó de su profundo sueño y se encontró solo en una playa que no reconoció. Atenea lo había envuelto en una nube para que no lo vieran los suyos y así pudiera acabar con los pretendientes; por esta razón lo veía todo distinto y no se dio cuenta de que estaba en su patria.

Miró las riquezas que tenía en la playa y empezó a llorar por su amada tierra porque no sabía qué hacer ni adónde ir.

Se le acercó entonces Atenea en figura de un joven pastor de ovejas que llevaba en la mano una jabalina. Ulises se alegró mucho de ver a alguien y le preguntó en qué tierra estaba y qué gentes la habitaban.

El pastor le dijo que estaba en Ítaca, tierra de trigo y de vino, de cabras y de bueyes, y le preguntó quién era y cómo había llegado a la playa.

¡Qué alegría sintió Ulises al oírlo! Pero disimuló, porque no sabía quién era el pastor, y tampoco le dijo la verdad, sino que le contó una historia falsa.

Le dijo que era de Creta, que había huido porque había matado a un hombre que quería quitarle lo que había ganado en Troya y que unos fenicios lo habían traído en su nave. Él les había pedido que lo llevaran a Pilos; pero el viento los apartó de su camino y por la noche lo habían dejado en esa playa con sus riquezas.

Atenea, al oír la sarta de mentiras que inventaba el astuto Ulises, se sonrió y al momento se transformó en una mujer hermosa y alta. Le habló así al héroe:

—¡Eres incansable inventando inteligentes mentiras! ¡Ni en tu patria renuncias a ellas! Pero dejemos esto, porque tú destacas entre los hombres por tus trazas y tu astucia, y yo lo hago por la misma razón entre los dioses. ¿No me has reconocido aún? ¡Soy Palas Atenea, hija de Zeus, que siempre te socorro y te protejo! Vengo ahora a decirte lo que tienes que hacer. Primero ocultaremos las riquezas en una cueva y luego te diré lo que te espera. ¡Y, sobre todo, no digas a nadie quién eres!

Ulises le contestó:

—¡Es muy difícil, diosa, que un hombre, por más sabio que sea, pueda reconocerte, porque tomas la figura que quieres! Sé que me protegías en Troya; pero luego he estado vagando años por el mar. Dime si es verdad que he llegado a mi querida patria.

Entonces Atenea hizo desaparecer la nube que no le dejaba ver bien las cosas a Ulises, y él pudo reconocer, por fin, su tan amada tierra, que besó emocionado.

Llevaron a una cueva escondida todas las riquezas, y más tarde, sentados al pie de un olivo, siguieron hablando.

—Vete pensando —le dijo Atenea— en cómo acabarás con los desvergonzados pretendientes que quieren casarse con tu mujer y se pasan el día en tu palacio comiéndose tu ganado y bebiendo tus vinos. Ella les da a todos esperanzas, pero no elige a ninguno, porque sólo piensa en ti y en tu regreso.

Soy Palas Atenea

Ulises, al saberlo, le dio las gracias de que le protegiera, porque, de lo contrario, los pretendientes lo hubieran matado como le pasó al rey Agamenón, que fue asesinado por el traidor Egisto al llegar a su palacio.

—Traza un plan para que los castigue y dame ánimos y fuerzas —le pidió a la diosa.

Entonces Atenea arrugó el rostro de Ulises y le dio el aspecto de un anciano para que no lo reconociera nadie, le quitó los rubios cabellos ensortijados y lo vistió con unos sucios andrajos; le dio un palo y un viejo zurrón lleno de agujeros.

Y le dijo:

—Vete a ver primero al porquero, al guardián de los cerdos, que te quiere muchísimo y adora a tu hijo y a la prudente Penélope. Quédate con él mientras yo voy a Esparta a decir a tu hijo Telémaco que vuelva enseguida a reunirse contigo. Fue allí a preguntar por ti, pero también porque yo quería que adquiriera fama. Lo están acechando algunos pretendientes, escondidos en una negra nave, para matarle cuando vuelva; pero no va a ser así.

Luego se separaron. Atenea se fue a Esparta a ver a Telémaco.

ULISES CON EL PORQUERO EUMEO

Ulises se fue hacia un bosque, donde le había indicado la diosa que encontraría al porquero Eumeo. Cuando llegó a la puerta de la pocilga, los cuatro enormes perros que la guardaban, ladrando, fueron corriendo hacia él para atacarle; pero Eumeo, al oírlos, salió enseguida y les dio voces y los echó a pedradas. Le dijo entonces al que creía un viejo:

–¡Anciano, has estado a punto de ser despedazado por los perros! ¡Sólo me hubiera faltado esta desgracia además de la pena que me consume! Tengo que criar y engordar estos cerdos para que se los coman los odiosos pretendientes de Penélope, mientras no sé si mi señor está muerto o si está en algún lugar pasando hambre. Pero ven conmigo; que te daré comida y bebida, y así me contarás quién eres, de dónde vienes y las desgracias que has sufrido.

Y Eumeo fue a buscar un cerdo, lo mató y asó la carne para que Ulises la comiera. Le dio también vino dulce como la miel. Y le contó cómo los pretendientes devoraban todos los días los cerdos más gordos y bebían el mejor vino.

Ulises, mientras comía con mucha hambre, le preguntó al porquero quién era su señor, ¡como si él no lo supiera! Le dijo que, como había andado por tantos lugares, tal vez hubiera oído hablar de él.

Eumeo le habló así:

—Anciano, todo hombre que llega a Ítaca le va a contar patrañas a mi señora sobre su esposo Ulises. Ella les escucha, les hace preguntas y llora. Pero ninguna de las noticias es cierta. Sé que vas a inventar tú también cualquier historia para que te den un manto y una túnica. Yo sé que mi señor está muerto y no hago más que llorar por ello. ¡Nunca encontraré a un amo como él! ¡Nadie me tratará con tanto afecto como él! ¡Yo le llamo mi señor y mi amigo aunque él esté lejos y sepa que no voy a volver a verle!

Y Ulises le contestó:

—Yo te prometo que Ulises volverá. Cuando lo veas entrar en su palacio, entonces pediré el manto y la túnica, y no antes. Que los dioses sean testigos de que digo la verdad: Ulises vendrá aquí este mismo año; antes de que cambie la luna, volverá a su casa y se vengará de los que se comen su hacienda.

El porquero, sin sospechar que estaba hablando con su señor, le replicó:

—Viejo, sé que mi amo no va a volver nunca. Sin embargo,
bebe tranquilo. Vamos a cambiar de conversación porque no
quiero pensar más en ello; cada vez que oigo hablar de mi señor, me entra una pena inmensa. Ahora además estoy muy
preocupado por su hijo, por Telémaco, porque se ha ido a Pilos y a Esparta en busca de noticias de su padre y tengo miedo
de que le pase algo. Los pretendientes le han tendido una trampa para cuando vuelva porque quieren acabar con el linaje de
Laertes. Pero dejemos esto y dime quién eres, de dónde vienes
y cómo has llegado hasta aquí.

ULISES INVENTA OTRA HISTORIA

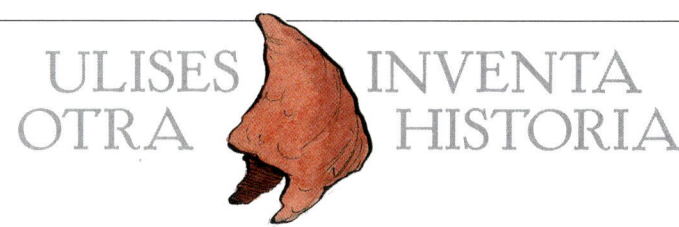

Y entonces Ulises volvió a inventar otra larga historia, distinta a la que le había contado a Atenea, fingiendo ser un cretense pobre que, gracias a su valor, se había casado con una mujer muy rica, pero que luego lo perdió todo.

Le dijo que había sido un guerrero muy valiente y que estuvo en la guerra de Troya; que se fue a Egipto, donde vivió siete años y juntó muchas riquezas. Luego un fenicio le engañó, le llevó primero a su tierra y después a Libia, donde quería venderle como esclavo. Y terminó su relato diciéndole:

—Una terrible tormenta acabó con la nave del fenicio, pero yo pude agarrarme al palo del mástil y conseguí llegar a la tierra de los tesprotos. Allí me hablaron de Ulises. Me dijeron que el rey le alojaba en su palacio, me mostraron las muchas riquezas que había juntado. Ese día había ido él a consultar el oráculo de Dodona para saber si tenía que volver a su país de manera oculta o de forma que le vieran todos nada más llegar a tierra. Me aseguraron que tenían ya preparada la nave que lo iba a llevar a su país.

»Yo me embarqué entonces con unos marineros tesprotos, que me quitaron mis ropas y me dieron estos andrajos que ves porque querían venderme como esclavo en Ítaca. Me dejaron atado en la nave, y ellos bajaron a tierra; pero pude desatarme fácilmente y huí nadando. Luego me escondí y, aunque me buscaron, no consiguieron hallarme. Cuando vi que la nave se marchaba, cogí el camino que me ha traído hasta aquí.

Al bueno de Eumeo le dio mucha lástima este viejo que había vivido tantas aventuras y había sufrido tanto; pero no se creyó las noticias que le daba de su amo porque antes otros vagabundos le habían contado otras historias.

Ulises se quedó todo el día con el porquero, que le dio muy bien de comer y de beber.

A la noche empezó a llover mucho y a soplar el viento con furia. Eumeo puso cerca del fuego una cama para el viejo con pieles de ovejas y de cabras para que no tuviera frío.

Él se vistió con las ropas más gruesas que tenía y se puso un manto que lo protegiera del viento y se fue a dormir a una cueva donde estaban los cerdos, para vigilar que no los matara la tempestad.

TELÉMACO REGRESA A ÍTACA

La diosa llegó a Esparta de noche; pero Telémaco no dormía porque estaba pensando en su padre. Se detuvo junto a él y le dijo que volviera enseguida a su tierra, que le pidiera al rey Menelao que le dejara marchar inmediatamente. Y además le avisó:

—Algunos pretendientes esperan tu regreso escondidos en una nave para atacarte en el mar. Están en el estrecho que separa Ítaca de Samos. Ordena que tu nave pase a distancia de las islas, y navega de noche. Tendrás el viento a favor. En cuanto llegues a la costa de Ítaca, vete primero a ver al porquero Eumeo. Duerme allá, pero mándale que vaya enseguida a decirle a tu madre que has llegado sano y salvo.

Después se volvió al Olimpo.

Telémaco despertó a Pisístrato diciéndole que debía volver a su tierra; pero su amigo, prudentemente, le dijo que esperara a que amaneciera porque de noche no podía guiar los caballos.

En cuanto salió el sol, Telémaco le pidió al rey Menelao que le dejara marchar, y los dos amigos se pusieron en camino. Al llegar a Pilos, en vez de ir a ver al anciano Néstor, Telémaco le rogó a Pisístrato que le dejara en la nave y le despidiera de él.

Se embarcó enseguida y, gracias al viento favorable, la nave llegó de noche a Ítaca y pudo escapar de los pretendientes, que no la vieron.

Mientras tanto, Ulises y el porquero cenaban en la cabaña. El héroe le dijo que quería ir al día siguiente a palacio, a pedirles limosna a los pretendientes para no serle molesto a él. Pero Eumeo intentó quitarle la idea de la cabeza diciéndole que los pretendientes eran muy insolentes y que lo maltratarían.

Al amanecer, Telémaco se fue a la cabaña del porquero como le había mandado Atenea.

ULISES SE DA A CONOCER A SU HIJO TELÉMACO

Ulises y el porquero habían encendido fuego y estaban preparando el desayuno cuando Telémaco llegó a la cabaña. Los perros no ladraron, sino que movieron la cola al verle porque le conocían muy bien.

Ulises se dio cuenta y oyó las pisadas de alguien que se acercaba. Le dijo a Eumeo:

—Ha llegado algún compañero tuyo porque los perros mueven la cola y oigo ruido de pasos.

No acababa de decir estas palabras cuando apareció Telémaco.

Al porquero se le cayeron las tazas con que mezclaba el

vino; fue enseguida al encuentro de su señor y, llorando, le abrazó:

–¡Has vuelto, Telémaco! ¡Qué alegría! ¡No pensaba verte más! Entra para que pueda contemplarte a gusto, ¡vienes a verme ya tan poco!

–He venido a verte nada más llegar a puerto –le contestó el joven–. Cuéntame cosas de mi casa. ¿Ha elegido ya mi madre a uno de los pretendientes o sigue todo como antes?

El porquero le contestó:

–Nada ha cambiado. Ella sigue llorando esperando que tu padre vuelva y sin hacer caso a los pretendientes, que continúan comiendo y bebiendo lo que es tuyo.

Al entrar en la cabaña, Telémaco vio al anciano, que quiso cederle el asiento; pero el joven no lo permitió y se sentó con ellos.

Comieron los tres porque tenían mucha hambre.

Luego Telémaco le preguntó a Eumeo quién era su huésped, y el porquero le contó cómo el anciano había vivido muchas aventuras y que ahora, para sobrevivir, quería ir al

...llorando,
le abrazó

palacio para pedir limosna a los orgullosos pretendientes.

El joven le dijo que él le daría ropas y que de ninguna manera mendigara a esa gente porque se burlarían de él.

Pero antes de seguir hablando, Telémaco le dijo a Eumeo que era muy importante que fuera a decirle a su madre que había regresado y que estaba bien. No quería que siguiera sufriendo por su culpa.

El porquero se puso las sandalias y se marchó inmediatamente a dar la buena nueva a Penélope.

Entonces Atenea, al ver que se quedaban solos padre e hijo, se le apareció a Ulises como una hermosa y alta mujer, y no dejó que la viera Telémaco.

Le hizo un gesto al héroe para que saliera, y allí afuera le dijo que le revelara a su hijo que él era Ulises, para que así los dos tramaran cómo dar muerte a los pretendientes. Luego lo tocó con su varita y le devolvió su aspecto y sus ropas.

Cuando Ulises entró de nuevo en la cabaña y Telémaco lo vio, se asombró muchísimo de su cambio de figura y creyó que era algún dios. Pero el héroe le dijo:

−¡No soy ningún dios, Telémaco! Soy Ulises, tu padre. Atenea me había transformado en un anciano para que nadie me reconociera, y ahora me ha devuelto mi aspecto para que tú sepas que soy yo.

Y se acercó muy emocionado a su hijo. Los dos se abrazaron y lloraron mucho rato sin poder decirse nada.

Luego Ulises le preguntó datos sobre los pretendientes a su

hijo para ver qué táctica seguirían para acabar con ellos. Así supo que eran muchos: ¡ciento ocho! No iban a poder los dos con todos ellos a menos que un dios los ayudara.

Sin embargo, Ulises no se asustó. Le dijo a Telémaco que volviera a palacio y que se mezclara con los pretendientes. Él iría con su aspecto de anciano a pedirles limosna. Si lo maltrataban, Telémaco no tenía que decir nada.

Cuando él viera que había llegado el momento oportuno, le haría un gesto para que se llevara todas las armas de la sala y las encerrara en un aposento; sólo dejaría dos espadas, dos lanzas y dos escudos para ellos dos. Y además no tenía que saber nadie que él era Ulises, ni Penélope ni Eumeo: absolutamente nadie.

Caía la tarde. El porquero llegó de regreso a la cabaña después de darle la buena noticia a Penélope de que su hijo había llegado a Ítaca sano y salvo. Ulises y Telémaco estaban preparando la cena. Atenea había vuelto a tocar con su vara al héroe y tenía de nuevo el aspecto del anciano andrajoso para que Eumeo no sospechara nada.

ULISES REGRESA
A SU PALACIO

Al amanecer, Telémaco le dijo al porquero que se iba a la ciudad, a ver a su madre, y le pidió que acompañara allá al anciano para que pudiera ir sobreviviendo pidiendo a unos y a otros, porque él no podía ocuparse de él, ¡tenía tantas preocupaciones!

Mientras Telémaco volvía a la ciudad y se iba a ver a su madre y a contarle lo que el rey Menelao le había dicho de su padre, Eumeo acompañó a palacio al que él creía un viejo mendigo. Ulises se apoyaba en un bastón para andar y llevaba al hombro su zurrón lleno de agujeros.

Al llegar a palacio, el anciano le dijo a Eumeo que entrara él primero; que luego lo haría él.

Estaba tumbado a la entrada el perro de Ulises, Argos. Era ya muy viejo, estaba muy enfermo y lleno de garrapatas; se había echado encima de un montón de estiércol, sin poder ya moverse. ¡De pronto reconoció la voz de su amo! Levantó un poco la cabeza y las orejas, y al ver que Ulises se le acercaba, movió la cola y bajó las orejas, ¡es lo único que podía hacer!

Ulises no se atrevió a acariciarlo, como hubiera querido, porque se hubieran dado cuenta de que conocía al perro. Al verlo tan enfermo, le resbaló una lágrima por la mejilla.

Por fin entró en el palacio y se fue a la sala donde comían y bebían los pretendientes. Argos, tras haber visto a su amo, se murió. ¡Había tenido un último momento de felicidad!

Ulises, con la apariencia de un viejo y miserable mendigo, empezó a pedir limosna a los pretendientes. Algunos le dieron algo; pero Antínoo, que era el más cruel y desvergonzado, le tiró la banqueta en la que apoyaba los pies y le dio en el hombro derecho.

Ulises se mantuvo firme como una roca, no dijo nada, pero movió en silencio la cabeza. Le dolió mucho el golpe en el cuerpo y en el alma.

Cuando Eumeo le contó a Penélope que Antínoo había hecho daño a un pobre mendigo, la reina exclamó:

—¡Ojalá el dios Apolo, que dispara agudas flechas, le hiera a él de la misma forma!

Y luego le mandó al porquero que le dijera al mendigo que fuera a verla para que ella le saludara y le preguntara si había oído hablar de Ulises.

—Cuenta tales cosas que te encantará escucharle, reina —le contestó Eumeo—. Me dijo que sí había oído hablar de Ulises y que está ya cerca, en el país de los tesprotos.

Al decirle Eumeo al mendigo que la reina quería verle, éste le contestó que lo haría cuando se hubieran marchado los pretendientes, después de ponerse el sol, porque temía que le hicieran otra vez daño.

LA REINA PENÉLOPE HABLA CON EL VIEJO MENDIGO

Cuando empezaba a hacerse de noche, los pretendientes, hartos de comer y beber, se fueron a dormir a sus casas.

Ulises le hizo entonces una seña a Telémaco para que se le acercara y en voz baja le dijo que era el momento de esconder las armas, como habían planeado.

El joven pidió ayuda a la vieja aya, Euriclea, para que con una antorcha les alumbrara el camino y ellos dos pudieran esconder las armas; así los pretendientes, si se emborrachaban, no podrían usarlas. Eso es lo que le dijo, pero estaba pensando en otra cosa.

Luego Telémaco se fue a descansar porque su padre se lo

mandó, y Ulises se dirigió a las estancias de Penélope para hablar con ella, tal como se lo había pedido.

Al verle, la reina le hizo sentar en una silla y empezó a hacerle preguntas:

—Forastero, ¿quién eres y de dónde vienes? ¿Dónde está tu tierra? ¿Quiénes son tus padres?

Ulises le contestó así a Penélope:

—No quieras saber quién soy porque he sido muy desgraciado y me pondría a llorar al contarte mis penas.

Pero como ella insistió en que se lo contara, Ulises inventó otra historia apasionante, porque sabía contar maravillosamente aventuras que imaginaba. Le dijo que había visto a su esposo Ulises en Creta, adonde le había llevado una tormenta, y que estuvo con él doce días hasta que se hizo de nuevo a la mar.

Penélope, al oír esas noticias de su esposo, empezó a llorar desesperadamente sin saber que era él quien se las estaba contando, ¡sin sospechar que lo tenía a su lado! Ulises tenía unas ganas enormes de abrazarla y consolarla, pero consiguió que ni una sola lágrima brotara de sus ojos.

La reina, para ver si mentía o no, le preguntó qué vestidos llevaba Ulises cuando lo vio. Y le respondió el mendigo:

—¡Hace ya veinte años que lo vi y no me acuerdo muy bien! Pero me parece que llevaba un manto de lana, de color rojo, con un broche de oro. En el manto estaba bordado un perro que apresaba con sus patas un cervatillo manchado y miraba cómo intentaba liberarse. Aunque no sé si este manto se lo habían regalado o lo llevaba al salir de su casa.

Penélope se puso a llorar aún más al oírle, porque ¡ese manto se lo había regalado ella y le había puesto ese broche! ¡No le quedaba ninguna duda de que el mendigo había visto a Ulises!

Y el anciano la animó diciéndole:

—No llores más porque sé muy bien que Ulises está vivo y muy cerca, en el país de los tesprotos, y trae muchas riquezas. Perdió a sus compañeros en una tormenta porque ellos se comieron las vacas y ovejas del Sol; pero él pudo salvarse y llegar al país de los feacios. Éstos, muy buenos navegantes, querían traerle aquí, pero prefirió ir en busca de riquezas para traerlas a su casa. El rey de los tesprotos me juró que ya tenía su barco preparado para volver a Ítaca y que se había ido a consultar al oráculo de Dodona para saber si tenía que volver a su patria de forma oculta o no. Yo me marché de allá un poco antes y, por tanto, ya no debe de faltar mucho para que él regrese.

La reina, aunque no acababa de creer que fuera cierto todo lo que le decía el mendigo, sintió que volvía a tener esperanza. Y les dijo a sus criadas que le lavaran los pies, le dieran ropas limpias y le prepararan una cama mullida para que pudiera descansar.

Al oír a la reina, el viejo mendigo dijo:

—Reina, me acostaré en el suelo porque no estoy acostum-

brado ya a una cama blanda. Y tampoco quiero que nadie me lave los pies, a no ser que tengas alguna criada vieja que haya sufrido tanto como yo.

Penélope llamó entonces a la fiel Euriclea y le pidió que le lavara los pies al anciano.

LA ANCIANA EURICLEA RECONOCE A ULISES

La vieja cogió un caldero bien limpio, mezcló agua fría con caliente, y luego metió en él los pies del mendigo.

¡De pronto Ulises se dio cuenta de que su vieja criada reconocería una cicatriz que tenía en el pie!

Efectivamente, Euriclea empezó a lavarle y de pronto vio la cicatriz que le había hecho un jabalí a su señor, ¡ella se acordaba muy bien! Soltó el pie del mendigo, la pierna dio contra el caldero, que se volcó, y se derramó el agua.

El corazón de Euriclea se llenó de inmensa alegría y a la vez de profundo dolor; se le llenaron los ojos de lágrimas y no pudo decir palabra alguna. Quiso hacer un gesto a Penélope para decirle que tenía delante a su esposo, pero Ulises la cogió por los hombros, le tapó la boca y le dijo sin apenas voz:

—¡Ama! ¿Por qué quieres perderme? Calla y que nadie en palacio lo sepa. Tengo que acabar con los pretendientes.

Y Euriclea, también en voz muy baja, le dijo:

—Guardaré el secreto como si fuera una piedra.

Luego fue a buscar otra vez agua y le lavó los pies con una alegría inmensa, pero sin hacer gesto alguno y sin derramar una sola lágrima.

Antes de irse a dormir, la reina quiso hacerle aún una pregunta al mendigo:

—¡Forastero! Te voy a contar un sueño que he tenido para que me digas qué puede significar. En palacio tenemos veinte gansos y a mí me gusta mirarlos cuando comen el trigo remojado en agua. Pero en sueños vi cómo bajaba del cielo un águila y los mataba a todos. Empecé a llorar y a gritar, y acudieron mis criadas. Pero el águila volvió y, posándose en el borde del tejado me dijo: «¡Penélope, no llores! No es un sueño, sino una visión. Los gansos son los pretendientes, y yo, que soy el águila, soy tu esposo Ulises, que he vuelto y los voy a matar a todos.» Y me desperté y vi cómo mis veinte gansos estaban vivos y comían el trigo como antes.

—Reina, está muy claro el sentido porque el propio Ulises te lo declaró en sueños –le contestó el anciano mendigo.

–Pero tengo miedo de que sea un sueño falso –siguió diciendo la reina–, porque sé muy bien que hay dos puertas para los sueños: una de cuerno y otra de marfil. Los que salen por la de marfil son falsos, y los que lo hacen por la de cuerno son verdaderos. ¡Ojalá éste haya salido por la puerta de cuerno! Voy a decir a los pretendientes que hagan un concurso y que se casará conmigo aquel que haga pasar la flecha por los anillos del mango de doce hachas que hincaremos en el suelo en línea recta. ¡Ulises lo conseguía y disparaba desde muy lejos!

El anciano mendigo le dijo:

—Hazlo enseguida, reina, porque Ulises llegará antes de que ellos consigan hacerlo.

Entonces se fueron todos a dormir.

Penélope subió a su habitación y, antes de que el sueño la venciera, aún lloró un buen rato por su esposo ausente.

El mendigo se echó en el suelo sobre pieles de buey y de oveja, pero tampoco pudo dormir durante un buen rato porque iba maquinando cómo acabaría con los pretendientes.

EL CONCURSO DEL ARCO

Al día siguiente, Penélope fue a buscar el arco y la aljaba con las flechas de Ulises, que guardaba en un aposento cerrado con una llave que sólo tenía ella.

Luego, cubierta la cara con un velo y acompañada de dos doncellas, se fue a la sala donde estaban ya comiendo y bebiendo los pretendientes, y les habló así:

—Aquí os traigo el arco y las flechas de mi esposo Ulises. Vamos a hacer un concurso. He decidido que me casaré con aquel que dispare una flecha que pase por los doce anillos de las hachas.

El altivo y desvergonzado Antínoo habló a los demás pre-

tendientes para que no aceptaran el juego diciéndoles que nadie lo iba a conseguir; pero en el fondo estaba deseando probar él con la esperanza de lograrlo.

Telémaco, con miedo de que no aceptaran el juego, dijo que él también lo iba a intentar.

Sin haberlo hecho nunca antes, cogió muy bien el arco y la flecha; pero intentó tres veces dispararlo y no lo logró. Iba a conseguirlo a la cuarta vez, pero su padre le hizo un gesto con las cejas, y no lo probó más.

Entonces les dijo:

—O no tengo fuerza o soy aún demasiado joven, pero yo no consigo hacerlo. Probad vosotros, que sois más fuertes que yo.

Y no tuvieron más remedio que intentarlo.

Ninguno de ellos consiguió siquiera tensar el arco, porque no tenían la fuerza de Ulises.

Sólo quedaban dos para probarlo, y uno era el orgulloso Antínoo.

En ese momento salieron de la sala el porquero Eumeo y el boyero Filetio, que era amigo suyo y muy fiel también a su señor. Ulises los siguió.

Ya fuera, les confesó a sus dos leales servidores que era Ulises y que necesitaba su ayuda. Para que le creyeran, les enseñó la cicatriz del pie. Los dos, al reconocer a su señor, lo abrazaron llorando y le aseguraron que harían todo lo que les mandara.

Ulises les dijo:

—Volveréis a la sala, pero no juntos; yo entraré primero y luego vosotros, uno detrás del otro. Los pretendientes no querrán darme el arco y las flechas cuando yo los pida; pero tú, Eumeo, los coges y me los das. Después di a las criadas que cierren las puertas de la sala sin que ellos se enteren. Y tú, Filetio, cierras las puertas del patio con cerrojo.

Luego Ulises entró en la sala y se sentó donde solía.

Tampoco consiguió tensar el arco Eurímaco, otro de los pretendientes, y el vanidoso Antínoo no quiso intentarlo para no fracasar. Él mismo pidió que los criados les sirvieran bebida para que se olvidara enseguida el concurso del arco.

Fue entonces cuando el anciano mendigo les pidió que le dejaran probarlo, porque había tenido mucha fuerza y quería ver si la seguía teniendo.

Se rieron todos de él; pero Penélope salió en su ayuda.

Telémaco rogó a su madre que callara y que se fuera a sus habitaciones; que le dejara a él que cuidara de un certamen entre hombres.

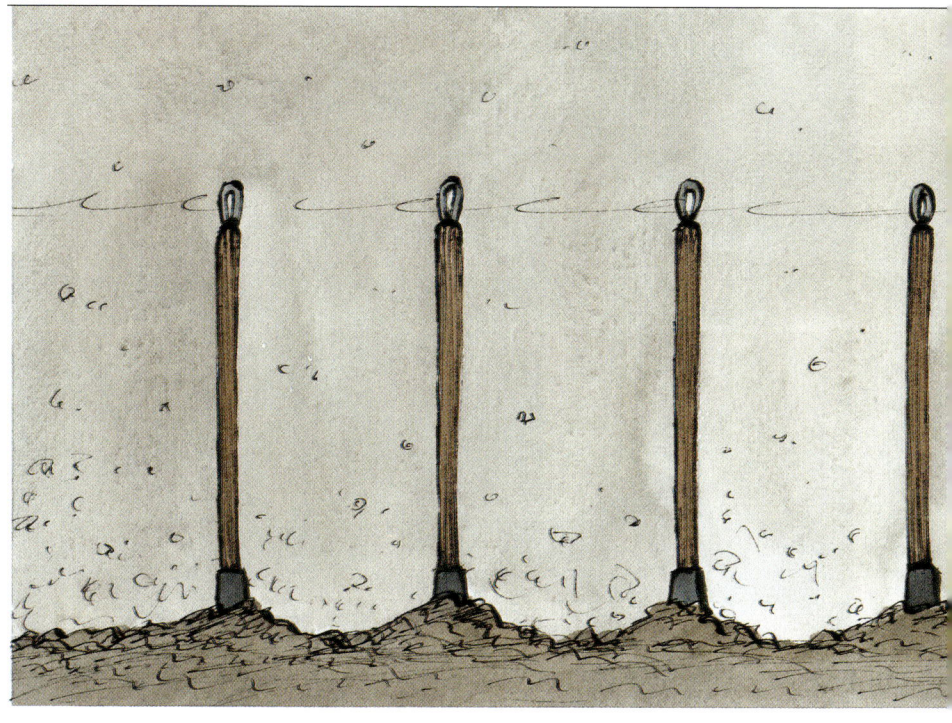

El porquero Eumeo cogió el arco y las flechas para dárselas a Ulises; pero los pretendientes empezaron a insultarle, y cogió miedo. Fue Telémaco quien le mandó que lo hiciera, y así Ulises pudo coger el arco y las flechas que tan bien conocía.

Después, Eumeo fue a decirle a la vieja Euriclea que cerrara

todas las puertas, y el boyero Filetio fue a pasar el cerrojo a las del patio.

Hecho esto, los dos regresaron a la sala.

Ulises, sin esfuerzo alguno, tensó el arco y, con una flecha, atravesó los anillos de hierro de las doce hachas.

ULISES Y TELÉMACO MATAN A LOS PRETENDIENTES

Aprovechando el momento de estupor de los pretendientes, hizo una seña a Telémaco, y éste se ciñó la espada y cogió la lanza.

Entonces Ulises se quitó los harapos, saltó al umbral de la sala con el arco y la aljaba llena de flechas y dijo:

–Ahora voy a apuntar a otro blanco.

Y empezó a disparar sus flechas contra los pretendientes.

El primero en caer fue el desvergonzado Antínoo. Y luego otro y otro hasta que se le terminaron las flechas.

Después apoyó el arco en una columna, se puso el yelmo en la cabeza, el escudo al brazo y cogió dos lanzas.

Un cabrero traidor, Melantio, fue a buscar armas para dárselas a los pretendientes. Les llevó doce lanzas, doce escudos y doce yelmos.

Cuando Ulises se dio cuenta, le dijo a Eumeo que impidiera que fuera a por más. El porquero y Filetio mataron a Melantio, que había abierto las puertas de la sala donde estaban las armas, y las volvieron a cerrar.

La lucha fue durísima, porque los pretendientes habían conseguido las doce lanzas. Eran muchos contra sólo dos; pero entonces Atenea intervino. La diosa había tomado la forma de una golondrina y fue a posarse en una de las vigas de la espléndida sala.

La diosa desviaba todas las lanzas que arrojaban contra Ulises y Telémaco: una fue a dar en una columna, otra en una puerta, otra en la pared.

En cambio, las que lanzaban ellos daban siempre en el blanco.

Los pretendientes que quedaban empezaron a huir por toda la sala como las vacas cuando las persiguen los tábanos. Se oían

terribles gritos y se veía sangre por todas partes. Sólo se salvó el juglar Femio, que cantaba a los pretendientes para ganar algo y poder vivir, porque Telémaco le pidió a su padre que no lo matara.

Ulises buscó con la mirada si quedaba algún pretendiente vivo, pero sólo vio cadáveres por toda la sala. Entonces el héroe supo que podía ya decir a todos quién era.

Los fieles criados y criadas salieron de todas las estancias de palacio con hachas encendidas y rodearon a su señor.

Todo el mundo lloraba de alegría.

EL MEJOR DESPERTAR DE PENÉLOPE

La vieja Euriclea fue al aposento de su señora a decirle que tenía dentro de palacio a su esposo y que acababa de matar a todos los pretendientes.

Los dioses habían enviado a Penélope un profundo sueño para que no oyera los gritos y no se angustiara. La fiel aya se acercó a la cama y le dijo a su señora estas palabras al oído:

—Despierta, Penélope, hija querida, para que veas con tus ojos lo que has estado esperando año tras año. ¡Ha llegado Ulises! ¡Y ha dado muerte a todos los pretendientes que invadían tu palacio y se comían tus bienes!

Penélope se despertó enseguida, pero le dijo:

—¡Ama querida! Los dioses te han trastornado el juicio. ¿Por qué te burlas de mí, que padezco tanto, diciéndome mentiras? ¿Por qué me sacas del sueño que me permite olvidar el dolor? No había dormido tan bien desde que Ulises se fue a Troya, ¡y tú me despiertas con embustes!

—No son mentiras, mi reina —le repuso la anciana—, sino la pura verdad. Ulises está aquí, ¡era aquel anciano mendigo que habló contigo! Ya lo sabía antes Telémaco, pero se calló para que su padre pudiera vengarse de todo el daño que le habían hecho los orgullosos pretendientes.

Al oírla, Penélope, llena de alegría, saltó de la cama, abrazó llorando a su vieja ama y le dijo:

—Cuéntame qué ha pasado y cómo ha logrado acabar con toda esa multitud de hombres desvergonzados.

—No lo sé, no lo vi; sólo oía terribles gritos dentro de la sala cerrada. Fue Telémaco quien me llamó y entonces vi a Ulises rodeado de cadáveres amontonados; había sangre por todas partes. Ahora los ha mandado sacar a la puerta del patio, y ha dicho que limpien con azufre el lugar. Sígueme para que pue-

das abrazarlo. ¡Por fin se cumplió nuestro deseo! ¡Ulises ha vuelto a casa y ha castigado a aquellos que lo ofendían en su mismo palacio!

Sin embargo, Penélope no acababa de creérselo; incluso pensaba que era un dios el que había acabado con todos esos hombres, harto de tanta maldad. Euriclea no tuvo más remedio que confesarle que había visto la cicatriz de Ulises en el pie cuando le lavaba y que quiso decírselo a ella, pero que su señor se lo prohibió.

Aún con muchas dudas, Penélope decidió ir a ver a ese hombre, y no sabía si preguntarle cosas o abrazarle.

PENÉLOPE RECONOCE A ULISES

Al entrar en la sala, vio a Ulises que estaba sentado de espaldas a una columna, con la mirada baja. Ella fue a sentarse frente a él, junto al fuego.

Durante un largo rato, ninguno de los dos dijo nada. Penélope no dejaba de mirarle; por una parte, le parecía que era él, su Ulises; pero por otra, no, porque estaba sucio, llevaba vestidos rotos y parecía mucho más viejo.

Telémaco se puso nervioso porque su madre no hacía más que mirar a su padre sin decirle nada y le preguntó, enfadado:

–¿Por qué no te sientas a su lado, madre, y le preguntas cosas? Tienes el corazón de piedra.

Y su prudente madre le contestó:

–¡Hijo mío! No puedo hablar, sólo mirarle. Pero no te preocupes. Si realmente es tu padre, nos reconoceremos, porque
hay cosas que sólo los dos sabemos.

Y Ulises se sonrió y le dijo a Telémaco:

–Deja a tu madre que me haga las pruebas que quiera.
Como estoy sucio y llevo ropas miserables, no cree aún que sea
yo. Vamos todos a lavarnos y a cambiarnos de vestidos. Y además tiene que sonar música en palacio como si estuviéramos de
fiesta. Así tardarán en enterarse de su desgracia los familiares
de los muertos, y nosotros podremos prepararnos para hacerles frente.

Ulises fue a lavarse. Frotó su cuerpo con aceite y se vistió
con un hermoso manto y una túnica. Atenea hizo que el héroe
pareciera aún más alto de lo que era y más gallardo, con el bello color moreno de su piel, sus rubios cabellos ensortijados y
su barba de reflejos azules.

Después volvió a sentarse frente a su esposa, que seguía mirándole sin decir nada, y le dijo:

–Tienes el corazón más duro que las otras mujeres. Ninguna se quedaría así, sin decirme nada, después de veinte años sin verme.

Y llamando al aya, le mandó:

–Euriclea, mi querida ama, prepárame la cama para que pueda acostarme; que ella tiene el corazón de hierro.

Penélope le indicó cómo debía hacerlo:

–Ve, Euriclea, saca de la habitación la fuerte cama que construyó él mismo y ponle pieles, mantas y colchas espléndidas.

Ulises, furioso, al oír esas palabras que la prudente Penélope decía para probar si era realmente él, le replicó:

–¡Cómo va a poder trasladar la cama! Creció en el patio un olivo; su grueso tronco era como una columna. Construí a su alrededor las paredes de mi aposento con multitud de piedras, lo cubrí con un techo fuerte y le puse unas puertas muy sólidas. Corté las ramas de aquel olivo y pulí su tronco y lo convertí en el pie de la cama. Luego fui haciendo la cama y la adorné con oro, plata y marfil; puse en su interior unas correas de

No se cansaba de besarle
y de llorar abrazada a él

piel de buey, teñidas de roja púrpura. ¡Y tú dices que saquen esa cama de la habitación!

Al oírle, Penélope sintió que le fallaban las rodillas y corrió a abrazarle. No se cansaba de besarle y de llorar abrazada a él. ¡Le confesó que había dicho eso precisamente porque le horrorizaba pensar que alguien pudiera engañarla haciéndose pasar por él!

A Ulises también le caían por las mejillas muchas lágrimas mientras tenía, por fin, en sus brazos a su amada Penélope.

ULISES SE DA A CONOCER A SU PADRE

Al día siguiente, Ulises quiso ir a abrazar a su padre. Se fue con Telémaco al terreno que tenía Laertes fuera de la ciudad y que había comprado hacía años con mucho esfuerzo. Allí tenía su casa, y junto a ella, la de los siervos que le cuidaban; una anciana siciliana le hacía la comida.

En cuanto llegó, Ulises les dijo a Eumeo y a Filetio, que los acompañaban, que mataran el mejor de los cerdos para la comida, y él se fue al huerto al encuentro de su padre a ver si lo reconocía o no.

Lo encontró solo, arreglando las plantas. Laertes vestía una túnica vieja, remendada, y se cubría la cabeza con un gorro de piel de cabra.

Al verlo tan viejo y con el rostro lleno de pena, a Ulises se le saltaron las lágrimas. No sabía si decirle quién era o hablar primero un poco con él. Al final le dijo:

—Cuidas muy bien el huerto, anciano. No se ve ninguna mala hierba, todo está muy bien cuidado: la higuera, la vid, el olivo, el peral, las legumbres. En cambio, tú te arreglas poco, porque te veo sucio y roto, aunque pareces un rey por tu apostura. ¿A quién sirves? ¿De quién es este huerto que cultivas? Dime si estoy realmente en Ítaca, como me dijo un hombre que me encontré al venir. No parecía muy sensato, porque no me quiso contestar cuando le pregunté si una persona que fue huésped mío todavía vive o si ha muerto. Hace tiempo estuvo en mi palacio un hombre que dijo que era hijo de Laertes, y lo traté muy bien y le hice muchos regalos.

Laertes, con los ojos llenos de lágrimas, le contestó:

—Forastero, estás realmente en Ítaca, pero no vas a encontrar a tu huésped. Esta tierra la tienen dominada unos hombres

*Cuidas muy bien el huerto,
anciano*

malvados e insolentes; no les digas que ayudaste a ese hombre, porque lo pagarías caro. ¡Es mi hijo Ulises! ¿Cuántos años hace que acogiste a mi desgraciado hijo, si no lo soñaste? Llevo muchos años que no sé nada de él y no sé si se lo comieron los peces en el mar o las fieras en la tierra. Pero dime, ¿quién eres y de dónde vienes? ¿Qué nave te acercó a estas costas y dónde la has dejado?

Ulises volvió a inventar otra historia:

—Me llamo Epérito, nací en Alibante y soy el hijo del rey. Mi nave está cerca del campo, antes de llegar a la ciudad. Hace ya cinco años que Ulises estuvo en mi tierra. Le despedí muy alegre porque creí que pronto lo volvería a ver.

Al oírle, Laertes, rota la cara por el dolor, cogió ceniza y se la echó por la cabeza suspirando profundamente.

Ulises ya no soportó más ver cuánto sufría su padre por su ausencia y, sin esperar más, lo abrazó y lo besó, diciéndole:

—Padre, yo soy Ulises, que después de veinte años de ausencia, he regresado a casa. No llores más. Quiero que sepas que acabo de matar a todos los malvados pretendientes.

¿Qué nave te acercó
a estas costas?

Laertes quiso asegurarse también de que era su hijo y de que no caía en la trampa que le tendía algún mentiroso y le dijo:

—Muéstrame alguna señal para que yo esté seguro de que tú eres mi hijo.

Y Ulises le contestó:

—Primero te enseñaré la herida que me hizo en el pie el jabalí. Y luego, si quieres, te diré los árboles de este huerto que me regalaste. Yo era niño, te iba siguiendo y te iba pidiendo los árboles, y tú me los ibas regalando: fueron trece perales, diez manzanos y cuarenta higueras; y además me diste cincuenta cepas de uvas diferentes, que maduran en distintas estaciones.

Laertes, al oírle, sintió que las rodillas le flaqueaban, que se quedaba sin aliento, y echó los brazos al cuello de su querido hijo, que lo apretó contra su pecho.

Luego volvieron a la casa, donde estaban Telémaco, el porquero y el boyero preparando la comida. La criada siciliana ayudó al viejo Laertes a lavarse y a vestirse; así parecía mucho más alto y más joven. Y todos se pusieron a comer alegremente.

Y LLEGÓ LA PAZ A ÍTACA

Quedaba todavía por hacer una dura tarea: defenderse de los familiares de los pretendientes muertos, que se habían armado y formaban un fuerte ejército.

Ulises y los suyos fueron a luchar contra ellos. Pero bastó que cayera el primer guerrero, Eupites, para que los demás vieran que Atenea protegía a Ulises y que iban a morir todos.

Así se lo dijo además la diosa a grandes voces:

—¡Dejad la espantosa guerra, gentes de Ítaca, y vivid en paz!

Y todos dejaron caer las armas y se volvieron a sus casas.

Ulises hubiera querido perseguirlos, pero Atenea, la de los ojos verdes, le dijo entonces a él:

—¡Ulises, hijo de Laertes! ¡Deja ya las armas y esta guerra, que es mala para todos! ¡Si no, Zeus se va a enfadar contigo!

Enseguida la obedeció Ulises y lo hizo con mucho gusto.

¡Tenía tantas ganas de vivir en paz en su tierra junto a Penélope!

ÍNDICE

BIBLIOTECA ESCOLAR
CLÁSICOS
CONTADOS A LOS NIÑOS

El Quijote contado a los niños

La Odisea contada a los niños

Platero y yo contado a los niños

El Lazarillo contado a los niños

El Cid contado a los niños